Betti

Eine Überraschung kommt selten allein

Für Luise, Sira und Ann

Lilli Josefine Wettke

Betti

Eine Überraschung kommt selten allein

Jugendroman

FSC
www.fsc.org
MIX
Papier aus verantwortungsvollen Quellen
Paper from responsible sources
FSC® C105338

Bibliografische Information der Deutschen Nationalbibliothek:
Die Deutsche Nationalbibliothek verzeichnet diese Publikation in der Deutschen Nationalbibliografie; detaillierte bibliografische Daten sind im Internet über http://dnb.dnb.de abrufbar.

Deutsche Erstausgabe 2021

Herstellung und Verlag: BoD – Books on Demand, Norderstedt

ISBN: 978-3-7557-5530-2

Hey, du. Ja, du!

Du denkst du kannst das nicht?

Tu es!

Manchmal legt das Leben uns Steine in den Weg, wir dürfen nur nicht davor zurückschrecken, sie aus dem Weg zu räumen.

Glaub an dich und lass dich niemals unterkriegen, denn der erste Schritt zum Erfolg ist der Misserfolg!

Der Einzige, der dich stoppen kann, bis du selbst, wenn du an dich glaubst, kann dich niemand aufhalten!
bleib einfach dir selbst treu, auch wenn das manchmal der schwerere Weg ist…

Betti

Als die Klingel den Unterricht für heute beendet hatte, packte ich überglücklich meine Sachen zusammen. Endlich Herbstferien! Doch meine Freude sollte nicht lange anhalten. Als ich nach Hause kam, war die Stimmung eigenartig, bedrückend. Es war alles so merkwürdig still, keiner lachte, wie sonst...irgendwie seltsam und befremdlich, und ich sollte auch schon sehr bald erfahren, warum.

Als ich klingelte, weil der Fingerscan mal wieder nicht funktionierte, beschlich mich schon so ein eigenartiges Gefühl. Als ich meine in Gedanken verlorene Mutter, die mir die Türe geöffnet hatte, sah, fühlte ich mich in meiner Ahnung bestätigt, denn es schien, als hätte ich sie durch das Läuten aus einer Art Trancezustand gerissen. Ich hatte für manche Dinge immer schon sowas wie einen sechsten Sinn – ob diese Gabe wirklich ein Geschenk war, sei dahingestellt.... „Was ist los?“, fragte ich etwas besorgt. „Ist was passiert?“ Sie fuhr kurz zusammen und fragte verwundert: „Was soll denn los sein, Betti? Alles okay.“

Auch beim Mittagessen, wo meine Mutter, meine kleine Schwester und ich sonst ausgelassen von unserem Tag erzählten, herrschte größten Teils Schweigen. Egal was ich versuchte, es kam kein Gespräch auf, auch wenn ich mehrfach versuchte eins zu entfachen. Meine Mutter nickte ein paar Mal, allerdings eher geistesabwesend und meistens an den falschen Stellen. Daraus schloss ich, dass sie mir eigentlich kein Bisschen zuhörte. Auch meine Schwester Daisy hatte sich stumm auf ihre Spaghetti

Bolognese fokussiert. Aber auch ihr konnte ich nicht entlocken, welche Laus ihr über die Leber gelaufen zu sein schien.

Der Rest des Tages verlief nicht wirklich besser. Nachdem ich aufgegessen hatte, stand ich stillschweigend auf, wusch meine Hände, stellte die Teller in den Geschirrspüler und ging hoch auf mein Zimmer. Hausaufgaben gab es keine, es war ja der letzte Schultag. „Die Ferien fangen ja gut an…“, dachte ich mir.

Als ich am Nachmittag die Haustüre ins Schloss fallen hörte, hoffte ich, dass ich jetzt, wo mein Vater zu Hause war, endlich erfahren würde, was heute hier los war. Wichtige Dinge werden in unserer Familie immer besprochen, wenn Alle da sind. Also stürmte ich die Treppe runter und begrüßte ihn freundlich, ja geradezu überschwänglich. Doch zu meiner Enttäuschung musste ich feststellen, dass die Laune meines Vaters sich nicht wirklich von der der anderen Familienmitglieder unterschied. Das brachte das Fass in mir zum Überlaufen: „Warum bin ich eigentlich die Einzige, die keine Ahnung hat, was heute hier los ist?“, platzte es aus mir heraus. „Warum schreist du hier so rum?“, antwortete mein Vater mit einer Gegenfrage. „Darf ich vielleicht erst einmal nach Hause kommen? Meine Arbeit heute war ziemlich anstrengend und meine Kollegen waren zudem echt nervig.“

Bei dem, was heute in meiner Familie losgewesen war, glaubte ich ihm kein Wort. „Tolle Ausrede Papa. Echt!!! Wollt ihr mich alle für blöd verkaufen?“, dachte ich, sagte aber nichts, sondern nickte nur und beschloss, mich in Geduld zu üben… Geduld, wirklich keine meiner Stärken, aber gut, was blieb mir anderes übrig, offensichtlich schien ja Niemand mit mir reden zu wollen.

Ich tat so, als würde ich wieder hoch in mein Zimmer gehen, blieb aber, außer Sichtweite meines Vaters, oben am Treppenabsatz stehen. Mein Plan ging auf! Als mein Vater sich mit einem Blick nach oben vergewissert hatte, dass ich „weg" war, atmete er erleichtert auf, raufte sich noch einmal die kurzen, blonden Haare und betrat dann die Wohnung. Sehr verdächtig!!! Auf leisen Sohlen schlich ich mich die Treppen wieder hinunter und horchte. Von innen drangen die leise vernehmbaren Stimmen meiner Eltern in den Flur.

Ich lauschte. „Ich weiß einfach nicht, wie wir es ihr sagen sollen...", hörte ich meine Mutter mit brüchiger Stimme sagen. „... haben wir wirklich die richtige Entscheidung getroffen? Meinst du nicht, es ist noch zu früh." „Nein, wie lange willst du es denn noch mit dir rumtragen, du wirst sehn, es ist das Beste für uns alle. Sie wird es verstehen. Alles wird gut. Wir werden es ihr sagen, heute Abend! So wie wir es besprochen haben. Außerdem wollen wir doch nicht riskieren, dass sie es durch einen dummen Zufall selbst herausfindet, oder Daisy sich verquatscht. Schlimm genug, dass die Kleine Schnüfflerin es vor Betti mitbekommen hat". Doch auch mein Vater klang nicht wirklich zuversichtlich. Im Gegenteil, verzweifelt würde es wohl besser umschreiben. Redeten sie da tatsächlich über mich? Ich hatte genug gehört; ich wusste doch, dass da etwas im Busch ist. Aber was sollte ich tun, einfach reinpreschen, meine Eltern zur Rede stellen und zugeben, dass ich gelauscht hatte. Nein. Das ging nicht. Also blieb mir nur die Sache mit der Geduld...

Mit schnellen großen Schritten hastete ich hoch in mein Zimmer. Keine Sekunde zu spät, denn kaum, dass ich meine Zimmertür geschlossen hatte, hörte ich, wie die Wohnungstür zum Flur aufgestoßen und gleich darauf auch wieder ins Schloss gepfeffert wurde. Ich musste trotz meiner eher weniger lustigen Situation etwas schmunzeln – Timing war eben alles.

Und auch wenn ich nicht - noch nicht - wusste, worum es genau ging, mein sechster Sinn hatte mich nicht im Stich gelassen. Auch wenn ich kurz vor der Erklärung zu stehen schien, die traurigen, ja beinahe ängstlichen Stimmen meiner Eltern wollten mir nicht mehr aus dem Kopf gehen. Irgendetwas stimmte vorne und hinten nicht..., und ich würde auch schon bald erfahren, was....

Am frühen Abend klopfte es an meiner Zimmertür. Meine Mutter trat ein und lächelte mich an. Für einen Moment durchflutete mich das warme Gefühl von Glück. War doch alles in Ordnung?

Nein! Nichts war in Ordnung. Jetzt wo ich genauer hinsah, erkannte ich, dass es ein eher aufgesetztes Lächeln war. Unter ihrer fröhlichen Fassade sah es anders aus, das spürte ich... In Wirklichkeit war sie immer noch genauso aufgewühlt wie gerade eben. Mit einer fast überfreundlichen und betont ruhigen Stimme sagte sie: „Zieh dir etwas Schönes an, wir wollen heute Abend raus essen gehen. Es ist ja Ferienbeginn." Mit diesen Worten drehte sie sich auf dem Absatz um und schloss meine Zimmertüre, was sie sonst eigentlich immer ganz gerne vergisst. Ich stand von meinem Schreibtischstuhl auf und öffnete meinen Kleiderschrank. Ich zog mein schwarz-weiß gestreiftes, bodenlanges Lieblingskleid mit Spitzenbesatz an und nahm eine passende Handtasche aus dem Regal. Ich packte ein paar nützliche Sachen ein, denn gerade heute wollte ich für alles gewappnet sein. Und meine Vorsicht würde sich auch noch auszahlen... Ein bisschen Münzgeld, Handy, auch wenn der Akku so gut wie leer war, Lippenbalsam, Handspiegel, Deo, Notizblock und ein Bleistift wanderten in meine Tasche. Danach setzte ich mich vor meinen Schminktisch und machte mich hübsch zurecht. Ein bisschen Make-up, Lidschatten, Wimperntusche - fertig. Heute Abend wollte ich mich besonders wohlfühlen. Fast kam es mir vor, als könnte ich das mulmige Gefühl, das mich beschlich, damit überschminken. Bevor ich aufstand, um nach unten zu gehen, sah ich noch einmal probehalber in den Spiegel. Meine Haare fielen mir in lockigen Strähnen aus meiner Hochsteckfrisur auf die Schulter. Ich wusste doch, dieses Glätteisen war kein Fehlkauf gewesen.

„Betti, wo bleibst du denn?“, hörte ich die Stimme meines Vaters aus dem Flur. Ich sah auf die Uhr... Uuuuuups, ich hatte eine halbe Stunde gebraucht, ohne es auch nur zu merken. Ich trat aus der Haustüre und setzte mich neben meine kleine Schwester auf die Rückbank des Autos. Nach einer kurzen Autofahrt hielten wir zu meiner Überraschung auf dem Parkplatz meines Lieblingsrestaurants: „Asia Dragon“. Hier gab es Sushi und andere leckere asiatische Spezialitäten. Ich war etwas verwundert, dass wir genau hierhin gingen, denn der Rest meiner Familie teilte meine Leidenschaft für fernöstliche Gerichte eigentlich eher weniger – besonders Daisy war dafür eher nicht zu begeistern. „Oh, Betti, freust du dich? Heute kannst du so viel Sushi essen, wie du magst!“, sprudelte es aus meiner kleinen Schwester heraus. Dafür erntete sie einen vielsagenden Blick meiner Mutter und verstummte direkt wieder.

Ich mochte nicht nur das asiatische Essen, sondern auch die komplette Kultur dieses Landes. Vermutlich nicht zuletzt, weil mein Lieblingssport und -hobby Karate dort erfunden wurde.

Ich fragte mich, ob wir hier richtig waren, doch mein Vater lächelte mich an und schloss das Auto ab. Das war schon Antwort genug. Für einen Moment vergaß ich meine Sorgen und ging strahlend voraus über den schlecht beleuchteten Parkplatz, geradewegs auf das rotorange Gebäude mit den beiden riesigen Drachen am Eingangstor zu. Ich liebte dieses fernöstliche Flair; überall auf Tischen, Bänken, Tellern und Gläsern diese fein gemalten, typisch asiatischen Muster und Ornamente, die aus Stein gemeißelten Drachenköpfe, die einem von der Wand her ihre spitzen Zähne zeigten, und die Tradition, mit Stäbchen essen zu können. Zur Begrüßung hielt uns eine junge hübsche Asiatin in einen Kimono aus buntem Musterstoff die Türe auf. Ihre langen, glatten, schwarzen Haare hatte sie mit zwei Essstäbchen zu einem prunkvollen Dutt aufgetürmt. Sie lächelte uns freundlich an und fragte: „Haben Sie reserviert?“ Meine Mutter bejahte mit einem freundlichen Nicken, und die Frau geleitete uns zu einem Ecktisch. Ich suchte mir den Platz aus, von dem aus ich eine perfekte Sicht auf das riesige Aquarium in der Mitte des Raums hatte. Zu meiner Verwunderung protestierte meine kleine Schwester Daisy heute nicht deswegen.

Nachdem wir unsere Jacken aufgehangen und unsere Taschen abgelegt hatten, bedienten wir uns an dem überaus ansprechenden, mit aufwendig drapierten Speisen angerichteten, reichhaltigen Buffet. Vom Mittag an war dies gerade der einzige Moment mit meiner Familie, in dem ich mich wirklich wohlfühlte. Ich atmete tief durch. Doch dieses Gefühl sollte leider nicht von längerer Dauer sein, wie sich für mich sehr bald herausstellen sollte.

Sina

„Max! Beeil dich! Wir kommen zu spät!", animierte ich vom Beifahrersitz des Autos meinen Lebensgefährten. „Beruhig dich, Schatz!", er rollte mit den Augen „Ich weiß, dass du aufgeregt bist, ich bin es ja auch."

Er klang liebevoll und versöhnlich, aber irgendwie kein bisschen beunruhigt. Ich beneidete ihn darum, wie er äußerlich so ruhig bleiben konnte. Im Kofferraum rumpelte es, dann blinkte eine Warnleuchte auf. Max stoppte den Wagen und stieg aus. Als er die Motorhaube öffnete, wurde die Luft durch weißen Qualm vernebelt. Schnell schloss ich mein Fenster. Als der Rauch sich langsam verzog, sah ich, wie Max die Motorhaube wieder geschlossen hatte. Er öffnete die Fahrertüre und ließ sich auf den Sitz fallen. Seine Hände waren schwarz vor Ruß. Ich griff in den Fußraum und gab ihm das alte Küchenhandtuch, das ich, aus welchem Grund auch immer, mal dort hingelegt und nicht wieder mitgenommen hatte. Er rieb sich die Hände mäßig sauber und fuhr sich dann über die Stirn. „Ich fürchte, wir müssen einen Abschleppwagen rufen“, sagte er. „Ich habe keine Ahnung, was kaputt ist, aber bevor wir einen Kolbenfresser riskieren, ist das die schlauere Lösung.“

„Das kann doch jetzt nicht dein Ernst sein.“ Ich sah ihn entgeistert an. „Wir sind schon dicke zehn Minuten über die Zeit, wir können jetzt nicht auch noch auf einen Abschleppdienst warten!“ Verzweifelt sank ich in meinen Sitz und fuhr mir durch die Haare. Unterbewusst fing ich - wie immer, wenn ich nervös wurde - an, an meiner Unterlippe herumzukauen. Dann öffnete ich die Beifahrertüre und stieg schwungvoll und energiegeladen aus dem Wagen. So einfach würde ich mich nicht unterkriegen lassen.

Vorsichtig öffnete ich die Motorhaube. Wenigstens blieb mir die Qualm Wolke diesmal erspart. Ich beugte mich über den Motorraum. Alles sah aus wie immer, für mich zumindest, aber ich hatte ja auch keine Ahnung von Autos. Das, was ich gerade hier tat, konnte man wohl als reines Übersprungverhalten deklarieren. Aber es musste doch was zu finden sein. Als ich gerade kapitulieren wollte, fiel mein Blick auf den Kühlwassertank: er war leer. Ich schlug mir mit der Handfläche gegen die Stirn und seufzte dann vor Erleichterung auf. „Wir haben keine Kühlflüssigkeit!“, rief ich Max zu, während ich zum anderen Ende unseres Autos sauste. Er stieg wieder aus. Ich rannte zum Kofferraum, um eine Flasche Wasser zu holen. Leichter gesagt, als getan. Um daran zu kommen, musste ich über einen Haufen perlweißer Kleiderbügel hinüber greifen, meine Hand dann durch die Lücke zwischen den Bauteilen für den Schminktisch und dem neuen Lattenrost für das Bett zwängen und endlich, da war sie ja. Erleichtert befreite ich meinen Arm wieder aus dem ganzen Kuddelmuddel.

„Bevor du dir gleich noch was gebrochen hast, gib mir die Flasche." Max schmunzelte gelassen und füllte den Kühlertank mit Mineralwasser. „Nicht optimal, aber bis nach Hause wird's reichen.", murmelte er. „Hoffentlich..."

Ich saß wieder neben Max auf dem Beifahrersitz und reinigte meine Hände notdürftig mit dem Küchenhandtuch. Mittlerweile war es stockdunkel. Für einen kurzen Augenblick hatte ich meine Nervosität vergessen, doch jetzt legte sich die Aufregung wieder wie ein unsichtbarer Schleier über mich. Ich sah auf die Uhr. Himmel! Hatten wir wirklich so lange gebraucht? Ich sah zu Max. Dieser wirkt mittlerweile auch nicht mehr ganz so gelassen, blieb aber vermeintlich zuversichtlich. Als er merkte, wie meine Blicke ihn durbohrten, lächelte er so charmant, wie er es immer tat, bevor er irgendetwas machte, wovon er glaubte, dass ich etwas dagegen haben könnte. Meistens war dies aber nicht einmal der Fall. Sein Lächeln warf mich noch immer aus der Bahn und schleuderte mich wieder in alte Erinnerungen zurück. Genauso hatte er damals geschaut, kurz bevor er im Kino zum ersten Mal meine Hand genommen hatte und mich küsste, oder als er zum ersten Mal unsere Tochter sah. Und dann passierte es, und ich hatte dieses besondere Lächeln nie wieder auf seinem Gesicht gesehen......bis heute.

Das merkwürdige Gefühl in meinem Magen riss mich aus meinen Gedanken. Ich lächelte. Dann fiel mein Blick auf den Tacho und ich fragte: „Findest du nicht, dass das ein *bisschen* zu schnell ist?" „Ich dachte, wir wollen Zeit aufholen..." Diesem Blick konnte ich einfach nicht widerstehen, und das wusste er genau.

Eine Zeit lang ging alles gut, doch als wir nur noch wenige Meter von unserm Haus entfernt waren, rief ich „Vorsicht!", und Max trat augenblicklich auf die Bremse. Was sich vor uns abspielte, war kurz davor, mir auch noch den letzten Nerv zu rauben. Max und ich rissen die Autotüren auf und ich rannte auf die zwei Gestalten, die vor uns am Boden lagen, zu.

Betti

Kurz darauf setzten wir uns wieder zurück an unseren Tisch, und ich zog meine Bambusstäbchen aus ihrer Papierverpackung. Es schmeckte einfach wunderbar. Vegetarisches Sushi in allen Variationen mit Wasabi und Sojasauce. Das Einzige, das meine derzeit gute Stimmung etwas minderte, war die Tatsache, dass meine Eltern die ganze Zeit nervöse Blicke tauschten, ähnlich als wollten sie mir gleich den Weltuntergang verkünden. Und ähnlich schlimm kam es auch...

Irgendwann gab mein Vater sich einen Ruck. Seine Miene wechselte von ‚freundlich, aber nervös' zu unruhig. Er sah mich an, als sei ich eine tickende Zeitbombe, die gleich explodieren würde. „Hör mal, Betti...“, fing er mit brüchiger Stimme an. Aus irgendwelchen Gründen schien er Angst vor dem zu haben, was er sagen wollte. Ich verstand nicht, warum. Was war hier los? Er sprach weiter: „...Du hast ja möglicherweise heute Mittag schon gemerkt, dass wir vielleicht etwas anders sind...naja...ähhh...als sonst. Also, worauf ich eigentlich hinaus will, ...“. Niemand sagte ein Wort oder gab irgendein Geräusch von sich. Meine Eltern wechselten einen letzten unsicheren Blick, bevor meine Mutter diesen grausamen Satz zu Ende sprach „...du bis in Wirklichkeit gar nicht unsere Tochter“.

Jetzt war es raus.

Im ersten Moment war ich zu geschockt, um etwas fühlen zu können. Hatte ich mich gerade verhört. Doch der Gesichtsausdruck meiner Eltern ließ keinen Zweifel offen, sie meinten das so, wie sie es gesagt hatten. Tränen stiegen mir in die Augen. „Im Ernst?!? Was soll das bedeuten: nicht eure Tochter?!“. Verzweifelt blickte ich zwischen meinen Eltern hin und her. Ich konnte keinen klaren Gedanken fassen – genau genommen stand ich im wahrsten Sinne des Wortes neben mir. Tausende von Gefühlen schwirrten in meinem Kopf, eine Mischung aus Verwirrung, Angst, Trauer, aber auch Wut, große Wut sogar. Meine Gefühle schienen sich zu überschlagen. Es fühlte sich an, als wollten sie aus mir herausbrechen, aber es ging nicht. „Das habt ihr euch ja toll ausgedacht: gehen wir mit Betti in ihr Lieblingsrestaurant und erzählen ihr nebenbei, dass sie nicht unsere Tochter ist? .... Geht´s noch?“

Ich sprang auf und riss dabei meinen halbvollen Sushi Teller zu Boden. Braune Sojasauce lief mir über die Schuhspitzen, aber es war mir egal. Das Einzige, was ich wollte, war, einfach nur möglichst schnell wegzukommen. Ich riss meine Jacke und meine Tasche von dem Kleiderständer, der von der Wucht umkippte. Im Rennen zog ich mir die Jacke über. Ich fühlte mich - keine Ahnung wie - leer, das traf es für den Moment wohl am ehesten. „Betti, Betti, ... nun warte doch, ...Betti, lass uns doch ..." vernahm ich unterschwellig die Rufe meiner Eltern. Wie in Trance lief ich über den Parkplatz in Richtung Straße. Und was nun. Es war spät, dunkel und kalt. Aber nach Hause würde ich nicht laufen, bestimmt nicht. Zu Hause, hatte ich denn überhaupt noch eins? Sollten sie sich ruhig Sorgen machen, wenn ich verschwunden bin, das geschieht ihnen ganz recht. Aber würden sie das? Oder würden sie sich freuen, dass sie mich so einfach los geworden sind...

Ich war so wütend und verletzt – hatten sie mich wirklich all die Jahre belogen? Und jetzt, mit vierzehn, wollten sie mich einfach so abschieben? Ich blieb kurz stehen, Tränen liefen mir übers Gesicht. Wo sollte ich hin?

In fast allen Geschäften waren die Lichter gelöscht, und ich sah keine Menschenseele... Wo war ich überhaupt? Ich hatte keine Ahnung. Ich hatte Seitenstechen vom Laufen, und gerade wurde mir bewusst: das war's dann jetzt mit meiner liebevollen Familie. Die Personen, denen ich am meisten vertraut hatte, hatte ich soeben verloren. Es versetzte mir einen Stich, als mir bewusst wurde, dass ich jetzt ganz auf mich allein gestellt war. Ich würde meine beste Freundin anrufen, bei ihr könnte ich bestimmt übernachten. Ich zog mein Handy aus der Tasche - so ein Mist, Akku leer. Da braucht man es einmal wirklich, und dann funktioniert es nicht.

Ein kurzer Moment des Glückes erhaschte meinen Körper, als mir aus der Ferne ein Licht entgegen lächelte. Es kam von einem kleinen Laden, der noch geöffnet zu sein schien. Unter dem matten Strahl einer Straßenlaterne zog ich meinen Handspiegel aus der Tasche. Glück gehabt! Ich sah nicht allzu verheult aus. Mit den Zeigefingern wischte ich die verschmierte Wimperntusche unter meinen Augen weg. Diana´s Stuff war rund um die Uhr geöffnet. Jetzt wusste ich auch so in etwa, wo ich war. Ich hatte nie verstanden, wieso ein solcher Laden, der eigentlich nur unnützes Zeug aus nahezu allen Kulturkreisen der Welt verkaufte, 24/7 offen hatte, aber in meiner aktuellen Situation fand ich es gerade äußerst nützlich. Früher war mir der Laden immer gruselig vorgekommen, weil er so vollgestellt und eng war, aber heute schien er meine letzte Rettung zu sein.

Ich holte noch einmal tief Luft. Die kühle Nachtluft erfüllte meine Lungen. Das tat gut. Dann drückte ich die Klinke nach unten. Als ich eintrat, bimmelte ein Glöckchen über der Tür, und der orientalische Duft von tausend verschiedenen Räucherstäbchen stieg mir in die Nase. Ich sah mich um.

Hinter der Ladentheke saß eine kleine, alte, rundliche Frau, deren Augen von einer Brille mit dicken Gläsern um mindestens das Dreifache vergrößert wurden. Eine große, weiße Lockenpracht schmückte ihren Kopf, und als sie mich sah, lächelte sie freundlich. „Guten Tag!“, sagte sie liebenswürdig.

„Kann ich dir behilflich sein, junges Fräulein?" „Vielleicht, ja. Dürfte ich Sie um einen Gefallen bitten?", fragte ich und erwiderte höflich ihr Lächeln. „Aber immer doch Be...ähhäähh...", sie schien sich kurz verschluckt zu haben „...mein Kind, aber immer doch. Was kann ich für dich tun? Hast du dich verlaufen, soll ich jemanden für dich anrufen? Aber ihr jungen Leute habt doch bestimmt alle Handys heutzutage", gab mir die alte Dame zur Antwort. Konnte sie hellsehen, oder hatte sie auch sowas wie einen sechsten Sinn? Merkwürdig. Oder sollte es Schicksal sein?

Was auch immer, in meiner Lage war mir das Warum gerade so ziemlich egal, Hauptsache, ich bekam Hilfe.

„Da haben Sie recht. Ich habe ein Handy, nur leider ist der Akku leer. Haben Sie hier Internet und könnten für mich eine Nummer herausfinden?", fragte ich zurück. „Natürlich, wir sind doch nicht von vorgestern. Was soll ich denn für dich nachschauen?" „Es wäre super, wenn sie im Telefonbuch nach einer gewissen...eh...ähhh...", ich stoppte kurz. Nein, zu meiner besten Freundin konnte ich irgendwie doch nicht. Da würden mich meine tollen „Eltern" direkt vermuten, und diese Genugtuung wollte ich ihnen nicht geben. Nicht nach dieser hinterhältigen Aktion heute Abend. Sollten sie sich doch Sorgen um mich machen, oder zumindest ein schlechtes Gewissen haben, wenn ich nicht da bin, wo sie mich wahrscheinlich am Ehesten vermuten. Schnell, mir musste ein Name aus meinem Bekanntenkreis einfallen. „...Lizzy Corn schauen? Ich müsste ihre Adresse wissen."

Lizzy Corn war ein neues Mädchen in meiner Klasse, die mir demzufolge noch nicht allzu nahestand, und deswegen würde mich da auch niemand vermuten. Aber sie war nett und würde mich bestimmt nicht verpfeifen, zumindest nicht direkt. Während die alte Dame zu ihrem Computer wanderte, ließ ich meinen Blick durch den Verkaufsraum schweifen.

Auf einmal fiel mir ein kleines, gerahmtes Bild an der Wand auf. In schönen, geschwungenen Lettern trug es folgenden Spruch:

„Habe Hoffnungen, aber nie Erwartungen,

dann erlebst du Wunder, aber nie Enttäuschungen."

Was für ein schöner Spruch. Den musste ich mir unbedingt merken.

„Da ist es!", die Stimme der Verkäuferin riss mich aus meinen Gedanken. Das ging aber schnell, sie schien, was Technik anging, trotz ihres Alters doch nicht hinterm Mond zu leben. Allem Anschein nach hatte sie sich richtig ins Zeug gelegt. Strahlend hielt sie mir einen Zettel mit folgender Aufschrift hin:

Lizzy Corn
Zum Wachholderweg 48
54296 Trier

„Vielen, vielen Dank!", sagte ich zum Abschied. „Sie haben mir wirklich sehr weitergeholfen." „Sehr gerne mein Kind, und komm gut zu Hause an." Zu Hause? Das hatte sie wohl falsch verstanden, aber was soll's. Ich lächelte der Frau noch ein letztes Mal zu, dann drehte ich mich um und verließ den Laden. Die Dame hatte mir mit ihrer freundlichen, ja nahezu fürsorglichen Art etwas von meiner verlorenen Hoffnung wiedergegeben, und dafür war ich ihr in diesem Moment überaus dankbar. Bis zum Wachholderweg war es nicht weit. Da ich inzwischen eine Orientierung hatte, wo ich war, würde ich das schon finden. Auch wenn es mittlerweile ziemlich dunkel war. Während ich die schwach beleuchteten Straßen entlang ging, konnte ich weit und breit keine Menschenseele erblicken. Ich fror erbärmlich. Einige Zeit später hatte ich es endlich geschafft. An einer Ecke konnte ich das Straßenschild erspähen.

\`Zum Wachholderweg\` stand in dicker Blockschrift darauf. Ich wanderte durch die dunkle Straße... 28,30,32, und da war die Häuserfront zu Ende. Nirgendwo war noch ein weiteres Haus zu sehen. Mich beschlich ein seltsames Gefühl. Ich beschloss, der Straße, die noch irgendwo hinzuführen schien, einfach zu folgen. Nach hundert Metern hatten die einsame Dunkelheit und der Nebel mich verschluckt, in diesem verlassenen Teil der Straße schien es keine Straßenlaternen zu geben. Nachdem meine Augen sich an die Finsternis gewöhnt hatten, erblickte ich in der Ferne schemenhaft ein großes Gebäude. Als ich mich etwas zögerlich näherte, konnte ich einen riesigen Altbau erkennen. In eisernen Ziffern las ich die Ziffern 4,8. Tatsache. Dies war das Haus von Lizzy Corn.

Vorsichtig schritt ich die Treppenstufen hinauf. Sollte ich das hier wirklich wagen?!? Ich kannte sie ja kaum und ihre Familie schon gar nicht... Ich atmete noch einmal tief durch..., dann drückte ich den Klingelknopf. Das schrille Kreischen einer Schelle ertönte aus dem Inneren des Hauses. Ich zuckte zusammen, aber nur kurz. Nichts geschah. Drinnen rührte sich rein gar nichts. Die Sekunden verstrichen wie Minuten. Es passierte immer noch nichts. Ich wartete ab. Noch einmal zu klingeln traute ich mich nicht. Ich sah auf die Uhr und erkannte, dass ich bereits fünf Minuten gewartet hatte. Allem Anschein nach war niemand zu Hause. Frustriert sank ich auf dem Treppensims in mich zusammen. Tränen kullerten mir über die Wangen. Das Gefühl von Trauer, Verzweiflung und Einsamkeit machten sich in mir breit. Ich gähnte... Nach dem, was ich heute alles durchgemacht hatte, war ich tot müde.

Erschrocken schlug ich die Augen auf. Ich musste wohl eingenickt sein. Eine eiskalte Hand, die sich auf meinen Mund gepresst hatte, hatte mich geweckt... Jemand hatte mich von hinten gepackt und versuchte, mich wegzuzerren. Ich strampelte mit Armen und Beinen. Der Angreifer musste seine Hand von meinem Mund entfernen, um mich besser halten zu können. Aus den Augenwinkeln konnte ich die Silhouette eines großen, Muskel bepackten Mannes erkennen. Ich nutzte den Moment und ließ einen gellenden Aufschrei durch die Nacht hallen. Irgendjemand musste mich doch hören. Der Muskelprotz versuchte, mich in Richtung Straße zu ziehen, und ich konnte einen Lieferwagen erkennen, der auf der anderen Straßenseite parkte. Mir musste etwas einfallen, und zwar ziemlich schnell. Sollte er es schaffen, mich erst einmal in sein Fahrzeug zu verfrachten, war es bestimmt um mich geschehen. Aber so etwas nicht mit mir!!! Nein, auf gar keinen Fall. Wozu machte ich seit sieben Jahren Karate - für irgendwas muss das jahrelange Training ja gut gewesen sein. Ich wusste nahezu alle Kniffs, Tritte und Schläge, die einem in brenzligen Situationen zur Selbstverteidigung dienen sollten. Ohne weiter viel nachzudenken, was ich tat, entzog ich mich mit einer geschickten Drehung meines Handgelenkes aus dem festen Griff des Fremden, zu meiner Verwunderung gelang es mir auch. Danach folgte, wie im Training tausendmal geübt, ohne lange Verschnaufpause Phase 2: Ich rammte dem Angreifer meine beiden Daumen in die Augen - Volltreffer. Ein weiterer Aufschrei erhallte, diesmal war es aber nicht meine Stimme, die die Stille der Nacht durchschnitt. Mein Gegner taumelte und hielt sich die Hände vors Gesicht. Ich nutzte meine Chance und rannte, doch irgendwie schaffte der Mann es, mich erneut zu packen. Er erreichte mit seiner Hand meinen Knöchel und zog mir die Füße weg, dass ich erst stolperte und dann fiel. Danach packte er mich wieder am Arm und zerrte mich in Richtung seines Lieferwagens hinter sich her, während er wütend und immer noch schmerzerfüllt vor sich hin fluchte. Wir hatten den Transporter fast erreicht, da kam mir der rettende Einfall. Wäre ich in diesem Moment bei klarem Menschenverstand gewesen, hätte ich mich wahrscheinlich eher darum gesorgt, dass ich hier mitten auf einer Straße stand und jeden Moment ein Auto kommen könnte, welches mich dann höchstwahrscheinlich überfahren würde. Doch zum Glück war ich in diesem Moment so von meiner Angst übermannt, dass ich eine Art Hirnblockade hatte, zumindest in dem Teil, der für die Vorsicht verantwortlich ist. Instinktiv griff ich mit meiner freien Hand in meine Handtasche und tastete suchend darin herum. „Wo ist denn dieses Mistding, wenn man es wirklich braucht?!?!", dachte ich verzweifelt, während meine Finger blitzschnell hastig die einzelnen Fächer meiner Tasche durstöberten. Da! Endlich! Meine Hand schloss sich um mein Handy.

Ich hatte nur einen Versuch. Wenn ich versagen würde, wäre mein Schicksal besiegelt. NEIN! An so etwas durfte ich gar nicht erst denken, sonst würde es erst recht schief gehen... Was jetzt zählte, war, mich zu retten. Ich holte weit aus und schlug den Schurken mit der Kante meines Smartphones an den Hinterkopf. Er schrie erneut auf und sank dann bewusstlos zu Boden. Strike! Phase 3, den Gegner ausknocken, erfolgreich beendet. Kraftlos und komplett erledigt stand ich mitten auf der dunklen Fahrbahn. Träumte ich das alles nur, würde ich gleich in meinem Bett aufwachen und alles wäre noch wie immer?

Im nächsten Moment blendete mich gleißend helles Scheinwerferlicht, und das ohrenbetäubende Geräusch quietschender Bremsen ließ mich zusammenzucken. Ich erschrak und landete völlig unkontrolliert auf dem Boden. Ein stechender Schmerz durchfuhr meine Glieder, und Blut tropfte aus meinen Ellenbogen.

Neben mir im Scheinwerferlicht lag ohnmächtig mein Gegner. Es war das erste Mal, dass ich ihn richtig sah. Wahrlich...ich hatte den Kerl ganz schön zugerichtet, aber er hatte es ja nicht anders gewollt. Die riesigen Muskeln, die ich dachte, gesehen zu haben, waren nur Schatten gewesen-zum Glück, sonst hätte ich keine Chance gehabt. Nun hörte ich zwei Autotüren knallen. Meine

Aufmerksamkeit galt jetzt den beiden Personen, die aus dem Wagen gesprungen waren und auf mich zu rannten.

Der erstickte Schrei, einer Stimme drang an mein Ohr: ***„BETTI! Mein Gott Betti. Geht es dir gut?"*** Die Stimme kam mir bekannt vor, war das nicht.... Jetzt, als sie unmittelbar vor mir stand und aus dem Gegenlicht der Scheinwerfer heraus auf mich zutrat, erkannte ich sie: Sina Müller, meine Mathematiklehrerin. Was machte die denn hier? War es doch ein Traum? Anders konnte es doch nicht sein. Sie kam auf mich zu gerannt, und schloss mich zitternd in ihre Arme. Statt aufzuwachen, wurde mir schwarz vor Augen...

Sina

Ich fing Betti mit beiden Armen auf, als sie so total erschöpft vor mir zusammensackte. Max kam herangestürmt und half mir. Er nahm Betti auf den Arm und trug sie in Richtung Haus. Zitternd richtete ich mich auf. Innerlich machte ich mir riesige Vorwürfe. Wieso mussten wir auch zu spät kommen, ausgerechnet heute, an dem Tag, dem wir so lange entgegengefiebert hatten. Was für ein Dilemma. Nichts, aber auch gar nichts lief, wie wir es geplant hatten. Es sollte doch so schön werden, und jetzt das? Würde Betti uns jetzt für immer hassen?

Mittlerweile hatte ich die Haustüre aufgeschlossen, und wir standen im Flur. Max trat ins Wohnzimmer und legte Betti vorsichtig in einen Sessel. Eine kleine Träne der Verzweiflung rollte mir über die Wange. Ich zog ihr die Schuhe aus und stellte sie zusammen mit ihrer Jacke und ihrer Tasche in die Ecke. Max kam mit Verbandmaterial und einem Glas Wasser wieder zurück ins Wohnzimmer.

Betti

Als ich meine Augen wieder aufschlug, war es sehr hell um mich herum. Ich blinzelte, um mich an die Helligkeit zu gewöhnen, und sah mich zögerlich um. Wo war ich? Auf jeden Fall nicht mehr auf der dunklen Straße. Ich saß in einem weichen Sessel. Ich ließ den Blick schweifen. Meine Schuhe standen in einer Ecke, und unweit hingen meine Winterjacke und meine Handtasche an einem Wandhaken.

„Was habe ich nur für ein wirres Zeug geträumt?“, schoss es mir durch den Kopf. Ich musste wohl beim Filmabend eingeschlafen sein. Ich fröstelte. Einen Moment glaubte ich tatsächlich, dass alles nur ein Traum gewesen war, doch dann wurde ich schnell wieder auf den Boden der Tatsachen zurückgeholt.

Als ich die beiden Personen mir gegenüber wahrnahm, kehrten schlagartig all meine Erinnerungen zurück...der Überfall, meine Eltern, meine... Einsamkeit. Tränen rannen über mein Gesicht. Als ich auf meine schmerzenden Ellenbogen hinabblickte, sah ich, dass mich jemand verarztet hatte. Ich blickte hoch, immer noch etwas neben mir. „Sie kommt zu sich.“, hörte ich jemanden flüstern. Ich schaute hoch.

Dann widmete ich meine Aufmerksamkeit den beiden Personen vor mir. Mit erstickter Stimme und sichtlich verunsichert beim Anblick meiner Mathelehrerin fragte ich: „Wo bin ich? Und was machen Sie im Haus von Lissy Corn, Frau Müller?“ „Wir wohnen hier, und wer ist Lizzy Corn? “, sagte Max. Momentmal, Max! Mein Karatetrainer Max. Wie kam der denn jetzt auch noch hier hin? War ich vollkommen verrückt geworden? Das war eindeutig zu viel für mich.

Erst die Sache mit meinen Eltern, und jetzt saß ich auch noch im Wohnzimmer meiner Mathematiklehrerin und meines Karate-trainers...

„Was ist passiert Betti? Erzähl doch mal. Wieso bist du denn eigentlich hier?“, wollte Frau Müller wissen. Ihre Stimmen hatte einen eigenartigen Unterton, den ich nicht deuten konnte, ... merkwürdig, aber wahrscheinlich bildete ich mir das nur ein. Ich war einfach müde und mit der Situation vollkommend überfordert. Ich atmete tief durch, dann startete ich stockend mit meinem Bericht. Während ich erzählte, rannen mir unaufhörlich wieder Tränen über die Wangen, aber das nahm ich nur am Rande wahr.

„Du kannst erst einmal hierbleiben, nicht wahr, Sina?“, fragte Max an Frau Müller gerichtet. Der Blick aus ihren blauen Augen verhakte sich kurz in meinem. In ihren Augen konnte ich etwas Verletzliches sehen, beinahe etwas wie Sehnsucht oder

Erleichterung oder sowas Ähnliches. „Erstmal, klar. Es sind ja jetzt auch Ferien."

Die beiden tauschten kurze Blicke aus, dann geschah etwas Seltsames. Frau Müller stand auf und kam mit offenen Armen auf mich zu. War es das, wonach es aussah? Wollte sie mich etwa umarmen? Jetzt hatte sie es geschafft, mich vollends zu überfordern... Ich schaute zu Max. Er zwinkerte mir, begleitet von einer aufmunternden Handbewegung, zu.

Ich versuchte aufzustehen und ihr entgegenzugehen. Langsam berührten meine Füße den Boden. Aua! Das war keine gute Idee. Allem Anschein nach hatte ich bei dem Kampf eben doch mehr als nur einen Kratzer abbekommen. „Ich glaube, für heute ist es genug. Komm, Betti, ich zeig dir, wo du heute Nacht schlafen kannst." Sagte Max und führte mich die Treppen hoch in die nächste Etage. „Da ist das Gästezimmer." sagte er und deutete auf eine der Türen. Sina erschien auf dem Gang. „Ich habe ihr eine Matratze in unser Schlafzimmer gelegt. Sie kennt sich hier doch gar nicht aus. Wäre es nicht besser, wenn sie heute Nacht bei uns schläft? Wir sind doch jetzt für sie verantwortlich sind!", meinte sie. Hatte ich mich da gerade verhört? Im selben Raum mit meiner Mathelehrerin und meinem Karatelehrer schlafen? Was ging denn bei der ab? Was war denn jetzt los? Hatte sie vergessen, dass sie immer noch meine Lehrerin war? Mir kamen diese ganzen Ereignisse äußerst komisch vor: „Nein danke, Frau Müller. Alles okay. Ich schlafe im Gästezimmer. Sollte was sein, kann ich mich ja immer noch melden. Wirklich. Ich schlafe lieber allein.", sprudelte es aus mir heraus. Mit einem Blick auf mich sagte Max schmunzelnd: „Sina, ich glaube Betti schafft das schon, sie ist ja doch schon ganz schön groß geworden und kann bestimmt allein schlafen." Glück gehabt.

Ich war so fertig und erschöpft, dass ich gar nicht mehr über all das nachdenken konnte, was in den letzten Stunden um mich herum passiert war, und die ganze Nacht durchschlief.

Als ich aufwachte und mich aufsetzte, sah ich, wie Frau Müller in ein Buch versunken auf einem Stuhl in der Zimmerecke saß. Als ich mich räusperte, schreckte sie hoch. „Oh Betti, entschuldige, ich wollte dich nicht wecken. Ich habe dir nur ein paar Klamotten von mir hingelegt, die sollten dir, denke ich, passen. Eine Reisezahnbürste liegt im Gästebad." Sie deutete mit dem Finger auf eine Türe, die ans Gästezimmer anschloss. „Wenn du fertig bist, komm zu uns runter, Max hat uns Frühstück gemacht, bevor er in die Praxis gefahren ist. Er hat heute leider Notdienst. Und für die Zeit, in der du hier bist, kannst du mich Sina nennen, ich glaube das macht es etwas einfacher." Sie zwinkerte mir zu.

Ich nickte, nahm die Klamotten, die auf dem Bett lagen, und stützte mich, während ich in Richtung Badezimmer humpelte, an der Wand ab. Nachdem ich mich fertig gemacht hatte, hinkte ich nach unten, wo meine Mathelehrerin mich in die Küche lotste. Dort wartete bereits ein schön angerichtetes Frühstück auf mich. Als mir einfiel, dass ich seit gestern Mittag nichts mehr gegessen hatte, bemerkte ich auch meinen knurrenden Magen. Hungrig aß ich mein Müsli mit Himbeerjoghurt. Es gab sogar meinen Lieblingstee: Pfirsich! Es schmeckte lecker, aber wohl fühlen konnte ich mich trotzdem nicht. Wer wollte mir das auch verdenken. „Ich bin heute verabredet und erst am Nachmittag zurück, ist das okay für dich? Dann hättest du erst mal etwas Ruhe, ich kann aber auch absagen und hierbleiben, wenn dir das lieber ist. Betti-Schatz...ähhm Betti, ja Betti.", sagte Sina und schaute verlegen um sich. Hatte ich mich verhört, oder wollte sie gerade ‚Schatz' sagen? Ich versuchte, mir nichts anmerken zu lassen, schließlich hatte sie mich ohne zu zögern bei sich aufgenommen, aber komisch war es schon. Es gab bisher auch keine schlauen Tipps oder Belehrungen, wie sie Erwachsene sonst gerne mal von sich geben. So was wie, „ja, aber wir müssen deinen Eltern sagen, dass es dir gut geht..." oder „wir bringen dich wieder nach Hause, dann kannst du das mit deinen Eltern klären..." Nichts. Sina verhielt sich zwischendurch etwas merkwürdig, etwas überfürsorglich, mütterlich... Naja, vielleicht bildete ich mir das aber auch alles nur ein. Bestimmt war sie einfach genauso überfordert mit der Situation wie ich und bemüht alles richtig zu machen.

„Also, ich müsste dann jetzt los!", sagte Sina, nachdem wir fertig gefrühstückt hatten.

Der Tag verging entspannt. Sina war bis zum späten Nachmittag weg. Max kam nur zum Mittagessen aus seiner Praxis kurz nach Hause. Er hatte uns von unterwegs etwas vom Italiener mitgebracht, Pizzabrötchen, Salat, Antipasti. „In den nächsten Tagen wird noch ein Beamter der Polizei mit dir sprechen wollten, wegen des Überfalls. Ich habe eben die Anzeige zu Protokoll gebracht und die Beamten aber gebeten, dir mit deiner Aussage noch etwas Zeit zu lassen. Okay?" Ich nickte. „Ja klar, danke."

Ich verbrachte eigentlich den ganzen Tag im Gästezimmer. Sina hatte mir, bevor sie ging, ihr Ladekabel für mein Handy gegeben. 28 Anrufe in Abwesenheit, von Mama, Papa, Daisy.... Meine Eltern würde ich bestimmt nicht kontaktieren, aber sollte ich nicht Daisy sagen, wo ich war, und dass sie sich keine Sorgen machen musste. Nein, sie würde es bestimmt sofort unseren Eltern, also ihren Eltern erzählen. Nicht, um mich zu verpetzen, nein, aber sie konnte Geheimnisse ganz schlecht für sich behalten. Ich blätterte in meinen Kontakten, zu gerne würde ich meine beste Freundin Jessi anrufen und ihr von dem Wahnsinn erzählen, der sich seit gestern in meinem Leben ereignet hatte, aber sie war heute Morgen ganz früh schon mit ihren Eltern nach Südafrika geflogen. Sie hatte einen Snap vom Flughafen geschickt mit der Bildunterschrift, `for 10 days out of order'.

Ich lag auf dem Bett und starrte an die Decke. Meine Gedanken überschlugen sich, ich versuchte, alles nochmal möglichst geordnet Revue passieren zu lassen, aber es war ein einziges Kuddelmuddel. Nur eine Frage umgeisterte mein Gehirn unentwegt: Wieso war ich hier? Also bei Sina und Max, und nicht bei den Corns? Was hatte die alte Dame da im Diana´s Stuff nur rausgesucht? War es Zufall?

Oder Schicksal? Ich fand keine Antwort.

Am nächsten Morgen, nach dem Frühstück, meinte Sina, wir sollten dringend ein paar meiner Sachen aus meinem alten zuhause holen. Zunächst dachte mir nicht sonderlich viel dabei, es machte ja auch Sinn, ich konnte schließlich nicht die ganze Zeit die Klamotten meiner Lehrerin tragen, auch wenn sie eigentlich einen ganz coolen Geschmack hatte, was Kleidung anging. Auch wenn ich immer noch nicht wusste, wie ich meinen Eltern jetzt begegnen sollte. Was sollte ich sagen? Ich war eigentlich immer noch viel zu verletzt, als dass ich mit ihnen reden wollte, aber das würde sich wohl nicht vermeiden lassen. Vielleicht hatte ich auch Glück, und es war keiner zu Hause. Vielleicht waren Sie gerade auf der Polizeiwache und gaben meine Vermisstenanzeige auf... Ich würde Ihnen einen Zettel auf den Küchentisch legen, dass ich okay bin, aber das müsste dann fürs erste auch reichen. Ich konnte ihnen irgendwie gar nicht so viel Abneigung entgegenbringen, wie ich nach alledem müsste. Eigentlich wollte ich sie nie, nie wieder sehen, sie hatten mich schändlich belogen, jahrelang, aber irgendwie waren sie doch meine Familie, und im Grunde genommen waren sie für „Eltern“ auch immer ganz in Ordnung gewesen.

Aber war ich schon so weit?

„Dann lass es uns hinter uns bringen.“, sagte ich zu Sina. „Wir bleiben aber nicht eine Minute länger als nötig, okay? Ich packe nur flott ein paar Dinge zusammen, und dann gehen wir wieder. Abgemacht?“

Sina machte ein etwas unsicheres Gesicht und wollte gerade etwas sagen, im selben Moment bog Max um die Ecke. Ich hatte erwartet, dass wir ganz normal mit dem Auto zu meiner Familie fuhren, doch stattdessen winkte uns Max vom Fahrersitz eines Möbelwagens zu. Was war jetzt das? „Ja, also, wir werden schon eine Weile brauchen, bis wir deine Sachen alle verladen haben.“, kam es zögerlich über Sinas Lippen. Etwas neben mir stehend

stieg ich erst einmal schweigend ein. Ich hatte keine Ahnung was hier vor sich ging, aber was sollte ich tun. Jetzt anfangen zu diskutieren und riskieren, dass ich mir eine andere Bleibe suchen musste. Vielleicht brauchten wir ja auch den doofen Möbelwagen gar nicht zu beladen und meine Mutter würde mir gleich um den Hals fallen und mir sagen, wie leid ihr das alles tut und dass sie mich niemals gehen lassen will...
Als wir in die Straße meines früheren Zuhauses einbogen, machte sich ein mulmiges Gefühl in meiner Magengegend breit. Sina bemerkte, dass ich mich nicht sonderlich wohlzufühlen schien, nahm meine Hand und flüsterte: „Alles okay!" „Alles okay..., Alles okay..., Alles okay...!", diese Worte wiederholte ich in Gedanken, als seien sie ein beruhigendes Mantra. In ihrer Stimme lag Wärme. Ich wusste nicht warum, aber schon ab dem ersten Augenblick, in dem ich sie das erste Mal gesehen hatte, hatte ich ein seltsames Vertrauen in sie gehabt. Ich konnte es mir selbst nicht erklären. Vielleich lag es einfach daran, dass ihr Unterricht sich häufig auch mal mit menschlichen Themen befasste, statt mit Mathematik. Möglicherweise machte sie das ja besonders sympathisch... ach was, ich sollte mir über solche lapidaren Dinge keine Gedanken machen. Jeder aus der Klasse mochte sie, obwohl Mathe eigentlich im Allgemeinen eher für die meisten ein rotes Tuch war und man Fächersympathien meist direkt auf den Lehrer projizierte. Aber Sina Müller war bei allen Schülern sehr beliebt, also war das doch eigentlich völlig legitim positiv über sie zu denken, obwohl sie eine Lehrerin ist und ich hatte gerade echt andere Sorgen, auf die ich mich konzentrieren musste.

Als wir vor der Haustüre meiner (ehemaligen) Familie standen, war ich kurz unschlüssig. Einerseits konnte ich die Türe ganz simpel durch meinen Fingerscan öffnen, andererseits gehörte ich noch hier her? Zählte das dann nicht eigentlich sogar unter Einbruch??? Hatten sie meine Registrierung vielleicht schon aus dem Zugangsdaten des Computers gelöscht? Ich traute mich nicht es auszuprobieren. Letztendlich zog ich es einfach vor zu klingeln. Mein Finger schwebte über dem Knopf. Das Unwohlsein breitete sich wieder in mir aus. Unwillkürlich fing meine Hand an zu zittern, und zwar so sehr, dass ich aus Versehen klingelte. Kurze Zeit später öffnete mein Vater uns die Tür. „Ach, da seid ihr ja!“, sagte er minder erstaunt. Sie schienen uns erwartet zu haben. Hatte ich verpasst, dass einer von beiden (Sina oder Max) unseren Besuch im Vorfeld angekündigt hatte? Doch das war nicht das Skurrilste. Als wir das Wohnzimmer betraten, standen fünf Tassen Kaffee und ein Kuchen auf dem Tisch. Hatten meine Eltern uns wirklich erwartet?!? Ein wenig widerwillig setzte ich mich gesittet auf die Kante des Stuhls, auf dem ich immer gesessen hatte.

Etwas in mir sagte mir, dass gleich etwas Unerwartetes passieren würde. Und wie sich herausstellte, hatte mich mein Bauchgefühl mal wieder nicht im Stich gelassen... „Setzt und bedient euch.“, forderte meine Mutter uns auf. Sie wirkte ganz normal auf mich. Kein bisschen verunsichert, ja, gerade so als wären die letzten Tage nie passiert. Und zu Sina und Max gewandt flüsterte sie: „Und, wie hat Betti auf die Neuigkeiten reagiert?“ „Ah, wir haben es ihr noch nicht gesagt.“, entgegnete Sina sichtlich nervös. „Was nicht gesagt...?“, fragte ich mit einem leicht gereizten Unterton in der Stimme. Was ging hier vor? Gab es noch weitere Geheimnisse, über die alle vor mir Bescheid wussten und ich sollte wieder vor vollendete Tatsachen gestellt werden? Nein, nicht noch einmal... „Was?!?“ platzte es aus mir heraus und mein Blick schweifte die Runde.

„Betti...“, fing Sina an, doch dann versagte ihre Stimme. „Du...du bist an dem Abend nicht zufällig bei uns gelandet.“, beendete Max den Satz. Ich hatte eine merkwürdige Vorahnung, was danach kam, hätte ich mir aber selbst in meinen wirrsten Vorstellungen, niemals ausmalen können. Mein Vater räusperte sich und ergriff das Wort: „Wir haben zwar die ersten dreizehn Jahre deines Lebens auf dich aufgepasst, dich großgezogen und du bist ein Teil, ein wichtiger Teil unserer Familie, aber wir sind nicht deine leiblichen Eltern.“ Ich schaute in die Runde; sowohl meine „nicht Eltern“ als auch Sina und Max nickten. Das habt ihr mir im China Restaurant schon gesagt. Könnte jetzt mal bitte einer mit der kompletten Wahrheit rausrücken? Das ist doch hier ein abgekartetes Spiel.“

„Wir sind deine leiblichen Eltern!“ sagte Max. So jetzt war es raus. Mir fiel die Kinnlade herunter. Hatte ich mich verhört? Das konnte doch nicht wahr sein. Max war seit sieben Jahren mein Trainer und hatte die ganze Zeit nichts gesagt.

Und Sina, meine Mathelehrerin Sina Müller sollte meine leibliche Mutter sein? Mit einer Stimme, die klang, als hätte ich grade Helium Gas geschluckt, quietschte ich: „Wie bitte? Das kann doch nicht euer Ernst sein?!? Ihr kennt mich seit Jahren, lebt um mich herum und sagt ...nichts?“

Beruhigend legte mir Sina die Hand auf die Schulter. Ich schupste sie weg. Dann nahm Max sich ein Herz und versuchte zu erklärten: „Also“, begann er „Sina ist neunundzwanzig Jahre alt und du dreizehn, was eine Differenz von sechzehn Jahren ergibt. Das heißt, sie war 15 als sie mit dir schwanger wurde. Wir hatten das nicht geplant, wie auch, aber wir hatten einfach nicht die Möglichkeiten für dich zu sorgen. Also entschlossen wir uns schweren Herzens dich für eine Zeit zu einer Pflegefamilie zu geben, bis wir mit dem Abitur, dem Studium fertig sind und uns etwas aufgebaut haben, dass wir dir ein gutes Leben bieten können. Deshalb haben wir für dich Torben und Marissa, als deine vorläufigen „Eltern“ ausgesucht. Allerdings nur unter der Bedingung, dass du, wenn die Zeit reif wäre, zu uns zurückkehren darfst. Und das ist jetzt nun einmal passiert, wenn auch auf eine... recht verstrickte Art und Weise. Übrigens, die ältere Dame aus dem Diana´s Stuff, steckte mit uns unter einer Decke. Deine „Eltern“ sollten dafür sorgen, dass, falls du aus dem Restaurant flüchten solltest und verschwindest, dein Handy Akku leer ist, so dass du notgedrungen in den einzigen noch offenen Shop gehen musstest, um nach Hilfe zu fragen. Egal welchen Namen du der Inhaberin genannt hättest, die Frau hätte dir auf jeden Fall unsere Adresse gegeben.

So, jetzt weißt du es.“ „Quasi ein abgekartetes Spiel?“ fragte ich ziemlich baff. Max nickte stumm. „Und das hättet ihr mir nicht einfach so sagen können, hier zu Hause, so wie jetzt?“ „Wir haben es einfach nicht übers Herz gebracht.“ sagte meine Mutter niedergeschlagen. „Und wir dachten, wenn du vielleicht wütend auf uns bist, fällt es dir leichter, deine alte Familie zu verlassen und mit Max und Sina als deine leiblichen Eltern leichte anzunehmen.", ergänzte mein Vater. „Das war eine ziemlich dämliche Idee!" pampte ich in die Runde. Die Erwachsenen nickten beschämt.

„Wir haben deinen Eltern immer Fotos und Dinge von dir geschickt, und regemäßig telefoniert und ihnen von dir erzählt... Eigentlich ein Wunder, dass es nicht früher rauskam, aber wir dachten du bist jetzt reif genug unsere Entscheidung zu verstehen", erklärte Marissa.

„Und Sina und ich haben uns extra Positionen ausgesucht, in denen wir dich regelmäßig sehen. Sina ist ja nicht zufällig an diese Schule gewechselt. Und denkst du es war Zufall, dass ausgerechnet deine Gruppe nie einen Trainerwechsel hatte, sondern immer nur mich?", fragte Max. Wir redeten noch sehr lange, irgendwann kam Daisy rein und brachte mir ein Foto von uns beiden: „Also für mich wirst du immer meine Schwester bleiben, das ist klar. Aber jetzt, wo du ausziehst, kann ich dann dein Zimmer haben, es ist viel größer als meins?" Sie drückte mich fest und gab mir einen Kuss auf die Wange. Eigentlich hasste ich es, wenn sie das tat, aber heute fühlte es sich richtig an. „Na klar, du kleine Nervziege!", schmunzelte ich.

„Das war ein passendes Stichwort.", sagte meine ‚Mutter': „Jetzt, wo wir fürs erste alles ausgesprochen haben, sollten wir mal anfangen, deine Sachen zusammen zu packen." Es klang spitz und ich wusste, dass sie nur so tat, als sei das alles zumindest einigermaßen Okay für sie. „Aber du hast hier natürlich immer ein zweites zu Hause, jederzeit, immer, also ..."

„Ja, ich weiß. Aber es kann sein, dass ich noch etwas Zeit brauche. In beiden Richtungen.“ Marissa lächelte, es war ein richtiges, echtes lächeln.

Innerlich fühlte ich mich hin und her gerissen, ich wusste, dass mich alle hier Anwesenden liebhatten, und ich für beide Seiten eine Art Tochter darstellte, aber man hatte mich für dreizehn Jahre meines Lebens in dem Glauben gelassen, dass ich die Tochter eines Anwaltes und einer Tierärztin war. Und auf einmal, wurde mir der Boden unter den Füßen weggerissen und ich in ein völlig neues Dasein geschoben.

In diesem Augenblick wurde mir alles zu viel und ich rannte weinend aus dem Raum. Eigentlich wollte ich nicht, dass die anderen meine Tränen sahen. Ich kam mir unfair vor, weil meine Eltern damals einfach nur versucht hatte, das Richtige zu tun, aber allem Anschein nach hatte Niemand daran gedacht, wie es mir in dieser Situation gehen würde. Ich war immer noch wütend, diesmal nicht nur auf meine Eltern, nein, auch auf Sina und Max. Das zu verarbeiten, würde noch dauern, und diese Zeit mussten sie mir jetzt auch lassen – alle vier!

Ich rannte nach oben in mein altes Kinderzimmer. Kurze Zeit später klopfte es an der Tür. Ich hatte nicht gehört, dass mir jemand gefolgt war, also schniefte ich: „Wer ist da?“ Es war meine kleine Schwester Daisy, die zögernd eintrat. Sie war sieben, wie sollte sie schon verstehen, was gerade passierte. Leise setzte sie sich neben mich auf mein Bett. „Ich weiß, dass ich wahrscheinlich keine Ahnung habe, wie du dich fühlst, aber ich wollte dir sagen, dass sich für mich nichts ändern wird. Ich hab´ dich lieb Betti." Dann umarmte sie mich einfach...und genau diese Umarmung war es, die mir einiges meiner Fassung zurückgab. Ich drückte sie ganz fest an mich, weil ich so froh war, sie zu haben. „Aua Betti, du zerdrückst mich ja!" Erschrocken löste ich die Umarmung: „Entschuldige, da hatte ich dich wohl gerade ein bisschen zu lieb."

Als ich wieder nach unten ins Wohnzimmer kam, lächelte ich ein wenig. Familie zu haben, das hatte ich gelernt, ist sehr wichtig, und hey... ich hatte zwei gleich davon.

Wir gingen gemeinsam nach oben in mein Zimmer, und weil wir alle fleißig mit anpackten, hatten wir am frühen Abend mein ganzes Hab und Gut im Umzugswagen verstaut. Wir verabschiedeten uns und stiegen ein. Müde ließ ich mich zwischen meine (neuen) Eltern auf die Fahrerbank des Lasters plumpsen. Sina nahm ebenfalls erschöpft neben mir Platz. Max klemmte sich hinter das Steuer und kurze Zeit später hielten wir vor dem Haus der Müllers. Wie mir gerade erst auffiel, hatte es *drei* Stockwerke. „Wer Wohnt eigentlich noch in dem Haus?", fragte ich. „Das wirst du auch bald noch rausfinden.", grinste Max verschmitzt. Doch wie bald das schon war, damit hätte ich nie gerechnet.

Sina bemerkte meine neugierige Miene. Sie und Max wechselten einen belustigten Blick. Nachdem Sina die Türe aufgeschlossen hatte, ging ich rein und zog mir meine Jacke und meine Schuhe aus. Auf Max´ Anweisung hin setzte ich mich danach auf die Treppe und wartete bis die beiden auch so weit waren. „So, jetzt bekommst du erst einmal eine Führung, damit du dich auch schnell ganz wie zu Hause fühlen kannst.“, erklärte er. Wir gingen von einer Etage zur nächsten und von Raum zu Raum. Im oberen Stockwerk angekommen stoppte mich Sina und verband mir mit einem Schaltuch die Augen. „Was wird das denn jetzt?“, fragte ich etwas verwundert. „Lass dich einfach überraschen!“, schmunzelte Sina. Dann nahm sie meine Hand und führte mich ein Stück durch den Flur.

Sina

Ich war schon ziemlich aufgeregt, was Betti von ihrer Überraschung halten würde. Schließlich hatten Max und ich so lange daran gearbeitet und uns auf diesen Tag gefreut. Den Tag, an dem unsere Tochter endlich bei uns Wohnen würde... Wir würden nun für immer eine Familie sein. Das Ziel unseres Traums war erreicht.

Betti

Als mir der Schal abgenommen wurde, musste ich erst einmal blinzeln, um mich wieder an das Licht zu gewöhnen. Dann erblickte ich einen riesigen Banner mit der Aufschrift:

„Welcome home, Betti!“

Ich war baff. Sie hatten sich wirklich ins Zeug gelegt, meine Eltern. Meine „Mutter“ lächelte und sagte: „Das hier ist das übrigens das einzige Zimmer in deiner Wohnung, das noch nicht eingerichtet ist.“ „Wohnung?!?“, wiederholte ich verdutzt. Max nickte zustimmend, nahm mich an der Hand und führte mich durch eine Tür, die den einen Nebenraum führte. „Das da hinten ist dein Schlafzimmer und das hier ist dein begehbarer Kleiderschrank!“, in ihrer Stimme hörte man die Aufregung und Freude. „Wow!“, mehr konnte ich nicht sagen. An den Wänden hingen Kleiderstangen, die mit Bügeln bestückt waren. In einer Ecke stand eine Kleiderpuppe. Den Abschluss des Raumes bildete ein weit ausladender weißer Schminktisch, vor dem ein farblich passender, ledernder, höhenverstellbarer Drehstuhl stand. An einer Wand hing ein riesiger Spiegel mit roségoldenem Rahmen.

Meine Knie fingen an zu zittern und ich umarmte Sina. In diesem Moment kam Max mit meinen beiden Kleiderkartons angeschnauft. Schnell nahm ich sie ab und wollte sie auf den Boden stellen, doch allem Anschein nach hatte ich für meine immer noch recht wackeligen Knie ein bisschen zu schnell reagiert. Kaum hatte ich die Kisten in den Händen rutschten sie mir aus der Hand, und ein riesiger Berg an Klamotten verteilte sich über den Fußboden. Unglücklicher Weise riss ich auf der Suche nach Halt auch noch Max mit zu Boden. Zum Glück reagierten alle ganz entspannt, und lachend schafften wir es, das Kleidergewirr auf dem Teppichboden innerhalb kurzer Zeit im Schrank zu verteilen. Es herrschte eine ausgelassene Stimmung, und ich fühlte mich für eine Moment richtig wohl, fast ein bisschen wie zu Hause. Aber dann dachte ich an Marissa, Torben und Daisy.... ich war hin und hergerissen. Ich brauchte wohl noch Zeit, viel Zeit, um die Geschehnisse der letzten Tage zu verarbeiten und mich auf mein neues Leben einzustellen. Ich seufzte kurz, dann atmete ich tief durch und schaute zu Sina und Max. Sie waren so emsig dabei, meinen Kram einzuräumen, dass sie nichts bemerkt hatten. Gut so, denn ich wollte die Stimmung nicht kaputt machen. Sie hatten sich so viel Mühe gegeben, also versuchte ich meine gemischten Gefühle auszublenden und machte ein möglichst fröhliches Gesicht.

Ich schnappte mir einen Karton und stellte die darin befindlichen Schuhe alle in einer Reihe auf, und fertig war das erste Zimmer.

Durch das Klamottenchaos, was ich zuvor angerichtet hatte, war es komplett untergegangen, die anderen Räume meiner Wohnung anzuschauen. „Meiner Wohnung." Das klang wahnsinnig cool. Ich musste mir diese Worte immer wieder leise vorsagen, so unglaublich war das. Im nächsten Raum stand ein riesiger, weißer Schreibtisch, der mindestens ein Drittel des ganzen Raumes einnahm. Davor stand schon mein Drehstuhl aus meinem alten Zimmer. Anscheinend hatte Max ihn eben schon mit hochgebracht. Die Wände dieses Zimmers säumten deckenhohe Bücherregale. In diesem Raum hatten die beiden schon ganze Arbeit geleistet. In den Schubladen waren Stifte und Papier einsortiert worden, und auf der Arbeitsfläche lag eine Schreibtischunterlage. Unter dem Tisch stand mein Rucksack, und dagegen lehnte mein Schulordner. Zusammen gingen wir unten an den Möbelwagen, um mein restliches Zeug aus dem Transporter zu holen.

Als wir keuchend wieder im Obergeschoss angekommen waren, führte Sina mich ins Bad. Es gab eine riesige Badewanne. Als ich ein lautes „WOW!“, ausstieß, folgte auch Max. Das ganze Zimmer war mit kleinen Steinen gefliest, fast wie bei einem Mosaik. Ich war überwältigt. „Gefällt´s dir?“, fragte Max. Ich nickte lächelnd. Als dem Lächeln ein Gähnen folgte, das ich nach all der Anstrengung des Tages nicht unterdrücken konnte, zog Sina mich an der Hand weiter. „Na, bevor du uns noch im Stehen einschläfst, zeig ich dir lieber schnell noch dein Schlafzimmer. Wir werden bestimmt heute Nacht alle schlafen wie ein Stein.“

In diesem Raum standen in der Ecke eine Kommode und auf der anderen Seite ein gemütliches kleines Cord Sofa mit farblich abgestimmten Kissen. „Und da bauen wir morgen dein Bett auf.“, sagte Max, während er mit dem Finger in die noch leere Ecke des Raumes zeigte.

Doch das Beste war die Fensterfront. Ich ließ meinen Blick durch den Raum schweifen. Die eine Seite des Zimmers war komplett verglast, so dass man einen perfekten Blick nach draußen in die Natur hatte. Es war spät geworden, und die Dämmerung hatte eingesetzt. Ein leichter Nebelschleier lag über den Bäumen. Ein kleiner Schauer lief mir über den Rücken. In der angebrochenen Dunkelheit sah der Wald irgendwie gruselig aus, wie ein *Geisterwald*…

Erst jetzt sah ich die niedlichen Plüschgardienen. Nach einem Blick auf die Uhr verkündete Max: „So, ich denke wir machen jetzt mal Schluss für heute. Den Rest räumen wir morgen noch ein. Ich stelle die Sachen aus dem Wagen erst einmal in den Flur.

Aber bevor es was zu essen gibt, zeigen wir dir noch das letzte Zimmer. Okay?" „Noch ein Zimmer?". Ich hatte keinen weiteren Raum mehr erwartet...- ich hatte sowieso nicht so etwas wie eine Wohnung erwartet. Schlafzimmer, begehbarer Kleiderschrank, Arbeitszimmer, Bad, was fehlte denn überhaupt noch? Ich hatte keinen blassen Schimmer. An der letzten Türe klebte ein Aufkleber mit dem Logo unseres Karatevereins. Hmm, konnte das sein? Ich hatte eine Ahnung, aber nein. Das wäre wirklich zu cool, um wahr zu sein. Doch meine Vorstellungen erwiesen sich als komplett richtig, besser, denn das, was ich sah, als Max die Türe öffnete, übertraf meine Vorstellungskraft.

Als ich in den Raum blickte, sah ich einen mit roten und blauen Matten überzogenen Fußboden und eine einwandige Spiegelfront. In einer Ecke hing ein Boxsack von der Decke. Max lächelte: „Und, was sagst du? Das ist mein Trainingsbereich. Aber wenn du willst, darfst du ihn ab jetzt auch nutzen, und wir können hier zusammen trainieren. Ich brachte nur stotternd ein verdutztes „Wow. Danke! Ja klar.", hervor.

Sina und Max nahmen mich in ihre Mitte, und zusammen gingen wir nach unten, um was zu essen. Da keiner von beiden mehr Lust hatte, sich nach den Anstrengungen des Tages noch in die Küche zu stellen, hatte Sina für alle Pizza bestellt. Nach dem Essen verabschiedete ich mich. Da mein Bett noch nicht aufgebaut war, verbrachte ich eine weitere Nacht auf der Matratze im Gästezimmer.

Am nächsten Tag fuhr ich früh morgens mit Max zur Polizeistation, um meine Aussage wegen des Überfalls zu machen. Anzeige gegen unbekannt. Ich hatte es schon fast verdrängt, aber als ich das Ganze noch einmal zu Protokoll geben musste, durchzuckte es mich immer noch. Eigentlich konnte ich nicht viel dazu sagen, denn es war ja stockdunkel gewesen, und ich stand ja vorher schon durch die Geschehnisse unter Schock. Der Beamte machte uns nicht viel Hoffnung, dass der Täter geschnappt werden würde, es sei denn, er würde sich selbst stellen, aber das war wohl gänzlich unwahrscheinlich. Zum Glück war ja nichts passiert.

Als wir das Revier verließen, legte Max mir den Arm über die Schulter. Er schien zu merken, dass mich das Erzählen über die Geschehnisse erneut aufgewühlt hatten: „Du hast dich super verteidigt. Da habe ich meiner kleinen Tochter in all den Jahren doch was beibringen können. Ich bin stolz auf dich, Prinzessin." Er lächelte. Ich wusste nicht, wie ich reagieren sollte. Ich fand es befremdlich, dass Max so mit mir sprach. Wenn mein Vater, also Torben, das gesagt hätte, hätte es für mich normal geklungen, aber Max war für mich nur mein Trainer gewesen. Er hatte die Zeit, sich auf mich als seine Tochter vorzubereiten, aber für mich war das alles noch neu. Ich wusste nicht, wie ich reagieren sollte, wollte ihn aber nicht vor den Kopf stoßen, also sagte ich: „Ja, das hast du wohl.", und bemühte mich dabei um einen möglichst entspannten Gesichtsausdruck.

Als wir wieder zu Hause waren, war nur eins angesagt: Arbeit, Arbeit, Arbeit. Aber es machte Spaß. Als wir am frühen Abend endlich alles aufgebaut, eingeräumt und sauber gemacht hatten, klingelte es an der Haustüre. Wer das wohl war? Ich würde es bald erfahren... „Da sind sie.", Sina klatschte aufgeregt in die

Hände, schob mich ins Bad und sagte ich solle mir noch einmal die Haare ordentlich machen und dann runter ins Wohnzimmer kommen. Dabei klang sie fast wie meine Mutter.

Ich schaute in den Spiegel. Sina hatte Recht, ich sollte mir tatsächlich noch einmal die Haare machen. Aus einem der Schränke nahm ich Bürste und Haargummi. Schnell hatte ich mir einen Dutt, der zumindest halbwegs akzeptabel aussah, gemacht, und ging ins Erdgeschoss.

Im Wohnzimmer erwartete mich ein Aufgebot an Menschen. Sie hatten sich zu fünft auf die Couch gesetzt. Sina und Max standen hinter ihnen. Sina sah mich an und deutete mit der Hand auf den freien Sessel, in dem ich schon bei meiner Ankunft hier gesessen hatte. Etwas unsicher setzte ich mich hin und unterzog der Reihe nach alle Leute einer nachdenklichen Musterung. Mir schien, dass dies auf Gegenseitigkeit beruhte, denn ich spürte, dass alle Blicke auf mich gelenkt waren und betete innerlich darum, nicht rot zu werden.

„Das sind unsere Nachbarn", meinte Sina freudig. „Wir wollten, dass du sie mal kennenlernst." Vor mir saßen zwei Frauen mittleren Alters, Mimi und Trina. Die eine war klein und schlank, ihre Haare waren schulterlang und blond. Ihre Augen leuchteten wie zwei Smaragde. Trinas Haare hingegen waren lang, dunkelbraun, beinahe schwarz, und betonten ihre blauen Augen. Sie war groß und sah ziemlich sportlich aus. Neben ihnen saßen drei Kinder. Ein etwa siebenjähriges Mädchen, das Mimi sehr ähnlichsah. In der Hand hielt sie eine Puppe, deren blonde Haare zu zwei Zöpfen zusammengebunden waren. Frida war ein

Mädchen, das ebenfalls Mimi glich, denn ihre strahlend grünen Augen hoben sich von ihren wilden, roten Locken ab. Ich schätzte ihr Alter auf etwa elf Jahre. Ina hatte nachtschwarze Haare und saphirblaue Augen. Ihr Teint glich dem eines Vampires, aber trotzdem sah sie freundlich aus. Sie war eindeutig Trinas Tochter und vierzehn Jahre alt, genau wie ich.

Der Abend verlief zu Beginn etwas steif, zumindest so lange, wie ich Gespächsthema Nummer eins war. Ich hasste es, im Mittelpunkt zu stehen, vor allem, wenn ich nicht einmal jemanden von den anwesenden Personen kannte. Aber nachdem Sina und Max mich vorgestellt und ihrem Stolz über das neue Familienglück Luft gemacht hatten, gab es zum Glück noch andere Dinge, über die sich unterhalten wurde, und die Lage entspannte sich.

Den Rest der Ferien verbrachten wir mit Ausflügen, gemeinsamen DVD- und Spieleabenden. Wir lernten uns besser kennen und machten auch einige der Wanderungen mit meiner zweiten Familie zusammen. Insgesamt fühlte es sich irgendwann an, als sei alles wieder halbwegs normal... Aber war es das?

Sina

Mein Wecker klingelte früh... zu früh. Ich hatte mich gerade so schön an das Ausschlafen gewöhnt. Ich sah auf meine digitale Armbanduhr: 5:15 Uhr. Morgens! Ich setzte mich auf und streckte mich. Schlaftrunken schlurfte ich ins Badezimmer und duschte erst einmal ausgiebig. Warmes Wasser prasselte auf meine Schultern. Jetzt war ich wach! Als ich fertig geduscht und meine Haare trockengeföhnt hatte, war es schon halb sechs. Schnell trug ich noch ein bisschen Makeup auf und durchstöberte dann meinen Kleiderschrank. Schließlich schlüpfte in mein Lieblingskleid. Darüber zog ich einen schicken Blazer und hohe, weiße Lackboots. Ich betrachtete mein Outfit im Spiegel. Ja, so konnte ich in den ersten Tag nach den Ferien starten.

Fertig! Jetzt musste ich mal schauen, was ich mit meinen Haaren anstellen sollte. Letztendlich entschied ich mich für einen lockeren, tiefgebundenen Pferdeschwanz mit Seitenscheitel. Ich schaute auf die Uhr an der Wand: 5:50 Uhr. Höchste Zeit, meine Tasche zu packen: Notenheft, Bücher und Kugelschreiber, Kopiervorlagen für Arbeitsblätter, Laptop, Terminplaner. In meinem Bauch machte sich das wohlbekannte, ziehende Gefühl von Aufregung breit. Im Flur traf ich auf Betti. Ich sah ihr an, dass auch sie etwas aufgeregt zu sein schien. Schließlich war es diesmal kein gewöhnlicher Schulstart. Ich hatte über die Ferien eine Tochter gewonnen und sie eine neue Mutter. Leise gingen wir zusammen nach unten, um unsere Brotdosen für den Tag zu richten und eine Kleinigkeit zu frühstücken. Nur Max konnte ausschlafen. Seine Praxis hatte montags immer ihren Ruhetag. Nachdem wir gefrühstückt hatten, verließen wir das Haus. Als wir beim Auto ankamen, zeigte meine Armbanduhr zehn Minuten nach sieben Uhr an. Unsere beiden Rucksäcke, die lustigerweise nahezu identisch aussahen, legten wir auf die Rückbank, und dann gings los. Betti und ich redeten auf der Fahrt nicht viel. Wir waren beide gespannt, wie der Tag so verlaufen würde. Was würden die Kollegen in der Schule sagen, oder Bettis Klassenkameraden. Ich hatte in den Ferien darum gebeten, Bettis Klasse kurzfristig abzugeben, denn sie wollte auf keinen Fall, dass ich sie weiter unterrichtete. Ich respektierte Bettis Wunsch, und ehrlich gesagt, wäre mir glaube ich auf Dauer auch nicht wohl dabei gewesen. Also tauschte ich mit einer Kollegin die Klassen in meinen Fächern und war ab heute für eine der fünften Klassen eingeteilt.

Als ich vor dem Klassenraum der 5b stand, atmete ich noch einmal tief durch, dann drückte ich die Türklinke nach unten. Als ich hineinkam, wurde es sofort leise. Ich lächelte. Eine ruhige Klasse, das war doch schon einmal ein gutes Zeichen. Mit Schwung stellte ich meinen Rucksack auf dem Pult ab und hängte meine Jacke über den Stuhl. Dann drehte ich zur Klasse und stellte mich vor: „Mein Name ist Sina Müller, und ich bin eure neue Deutsch– und Mathelehrerin.“ Ich wartete einen Moment, bis sich alle hingestellt hatten, dann sagte ich fröhlich: „Guten Morgen 5b!“ „Guten Morgen Frau Müller!“, schallte es zurück. Als sich alle wieder hingesetzt hatten, sagte ich: „So, und jetzt zur Anwesenheitsliste. Wo ist denn euer Klassenbuch?“ Ich wollte meinen Schülerkalender aus der Tasche ziehen, doch als ich blindlings in das Fach meines Rucksacks griff, zog ich anstatt dessen ein Hausaufgabenheft heraus. Erst war ich ein wenig irritiert, doch als ich den weiteren Inhalt des Beutels inspizierte, fiel es mir wie Schuppen von den Augen. Ich musste schmunzeln. Da hatte ich in der Eile wohl die falsche Tasche vom Rücksitz geschnappt. Ich sah in die Klasse und sagte: „Ich würde euch bitten, kurz still an euren Plätzen sitzen zu bleiben. Ich bin gleich wieder da."

Betti

Unsere Erdkundelehrerin ließ heute mal wieder auf sich warten. Das machte sie gerne mal, wenn sie ihre Arbeitsblätter wieder zu Hause vergessen hatte und dann schnell neue am Kopierer im Lehrerzimmer machen musste. Da es ihr wohl nicht allein so ging, konnte es auch mal dauern, bis der Stau am Kopierer sich aufgelöst hatte. Also saß ich immer noch auf Jennys Tisch, die Füße auf dem Stuhl vor mir, und hörte ihr zu, was sie von den Ferien zu berichten hatte, als es plötzlich an der Tür klopfte. Ich hatte Jenny noch nichts von meiner neuen Situation mit Sina und Max erzählt. Es war alles so neu und unglaublich, dass ich gar nicht richtig wusste, wie und wo ich anfangen sollte, deshalb war ich ganz froh, dass sie direkt, als sie mich sah, loslegte und von ihrem Urlaub berichtete. Das verschaffte mit Zeit, denn sosehr ich auch im Vorfeld versucht hatte, dieses Gespräch zu planen und im Kopf durchzuspielen, es war Chaos... Ich hatte es ja selbst noch nicht ganz verarbeitet.

Meine beste Freundin verdrehte die Augen: „Da ist sie ja endlich..." Damit spielte sie auf unsere Erdkundelehrerin an, aber herein kam Sina. Als die Türe sich öffnete, wurde es schlagartig still, und alle stoben auf ihre Plätze. Dementsprechend sahen auch alle, dass es nicht Frau Wegner war, die den Raum betrat, sondern Sina. „Wir haben Erdkunde!", schrie jemand von hinten. Ich konnte nur stumm dasitzen und geradeaus starren. Was wollte sie denn jetzt hier. „Haben wir jetzt eine Vertretungsstunde?", kam es von der Seite. Sina schüttelte den Kopf: „Nein, nein, ich bin sofort wieder weg. Ihr könnt ruhig weitersprechen" erwiderte sie und ging am Pult vorbei, direkt auf mich zu. Ich spürte, wie ich langsam rot wurde. Statt sich weiter zu unterhalten, folgten die Blicke meiner Mitschüler Sina, denn was sollte sie in unserer Klasse, außer zu unterrichten? Meine Mutter kam auf mich zu. Auch ihr war in der Situation nicht ganz wohl und sie sah mir an, dass ich mit der Lage gerade vollständig überfordert war. Sie warf mir einen zu gleichermaßen entschuldigenden wie auch aufmunternden Blick zu. Wortlos, um es mir nicht noch schwerer zu machen, stellte sie ihre Tasche neben den Tisch und bückte sich anstatt dessen nach meiner, die auf dem Boden an dem Tisch lehnte. „Das wars auch schon" murmelte sie und verließ zügig den Klassenraum.

Alle starrten mich entsetzt an, und das war die schlimmste Reaktion, die ich mir hatte vorstellen können. Diese Stille war kaum auszuhalten. Jenny schaute mich irritiert und fragend an. Im selben Moment unterbrach zum Glück einer der Jungs das

Schweigen: „Was war denn das gerade, Betti? Was will Frau Müller mit deiner Tasche?“ „Na schön, ihr müsst es ja sowieso erfahren. Eigentlich wollte ich das anders angehen, aber vielleicht wäre jetzt der richtige Zeitpunkt, euch etwas über meine Ferien zu erzählen.“ Ich vergrub mein Gesicht kurz in den Händen, dann gab ich mir einen Ruck und stand auf „Also...“, begann ich, und dann erzählte ich von alldem, was mir in den Herbstferien widerfahren war. Während ich sprach, warf mir ein Teil der Klasse mitleidige Blicke zu, manche machten abfällige Witze und Sprüche, zumindest empfand ich das Getuschel um mich herum so, und aus den restlichen Gesichtern konnte ich nicht lesen, was sie gerade dachten. Als ich meine Erzählung beendet hatte, rief jemand aus der letzten Reihe: „Alter...wieso hast du nix gesagt man...!“ „Es waren Ferien!“, sagte ich kurz, was Besseres war mir auf die Schnelle nicht eingefallen. „Wofür gibt es ´ne Klassengruppe?“, rief ein anderer. „Genau!“, verteidigte mich Jenny lautstark. „Das Erste, woran man denkt, wenn das eigene Leben völlig auf den Kopf gestellt wird, ist, dass man es ja unbedingt in die Klassengruppe schreiben muss. Klar!“ Eine Mischung aus Ironie und Sarkasmus schwang in ihrer Stimme mit. Das konnte sie gut. „Ziemlich krass unfair, da is es doch kein Wunder, dass du so gute Noten schreibst... die bevorzugt dich doch voll!“ Ich zog die Augenbrauen hoch... „Geht’s noch? Und du kannst ganz beruhigt sein, Sina, äh also Frau Müller gibt unsere Klasse übrigens in ihren Fächern ab. Zufrieden?“ „Lass gut sein, Betti.“ wandte sich Jenny mir zu. Und mit einer relativ eindeutigen Geste in die Richtung, aus der der Kommentar gekommen war, meinte sie: „Geh doch auf so einen Schwachsinn gar nicht ein. Lass uns uns nach der Schule bei dir treffen, dann erzählst du mir alles. Und ich kann mir dein neues Zuhause anschauen. Ich bin gespannt, wie es sich so bei einer Lehrerin wohnt." Sie grinste. Ich wusste, sie meinte es nicht böse oder so. Immerhin hielt meine beste Freundin zu mir... Mir fiel ein echter Stein vom Herzen. Das war meine größte Sorge gewesen, das Jenny wütend auf mich war, dass ich nicht sofort mit ihr gesprochen hatte. Aber sie war halt eine echte Freundin – meine beste, um genau zu sein.

Alles in allem war der weitere Verlauf meines Schultages relativ normal. Die meisten fanden es einfach nur befremdlich, die Tochter der eigenen Lehrerin als Mitschülerin zu haben, manche fanden es witzig, mir Spitznamen zu geben oder absolut dämliche Witze über mich zu reißen... In den Pausen merkte ich, wie manche meiner Klassenkammeraden hinter vorgehaltener Hand über mich tuschelten, und als mir völlig fremde Schüler auf einmal verstohlene Blicke zuwarfen, überraschte es mich schon, wie schnell Neuigkeiten in Umlauf kommen konnten. Naja, nach ein paar Tagen würde es nicht mehr spannend sein, und es würde jemand anders für Gerede sorgen. Also sollte es mir doch egal sein. Solange Jenny mir den Rücken stärkte, berührten mich die doofen Sprüche der anderen nicht mehr wesentlich. Natürlich gab es Schöneres, als das Kind eines Lehrers der eigenen Schule zu sein, aber hey, ich hatte es mir ja nicht ausgesucht, und um es möglichst positiv zu sehen, war Sina Müller zum Glück eine der beliebten Kandidatinnen. Noch vor zwei Woche hätte ich bestimmt anders darüber gedacht, aber ehrlich, es hätte schlimmer kommen können.

Sina

Zurück in meiner Klasse angekommen lehnte ich mich ans Pult und forderte die erwartungsvollen Minen, die mir entgegensahen, auf: „Also, ich lese jetzt eure Namen aus der Klassenliste vor, und wenn ihr euren Namen hört, dann steht bitte auf und erzählt ein bisschen über euch. Was macht euch aus? Was sind eure Hobbys oder Lieblingsfächer? All so was, damit ich euch schnellstmöglich ein bisschen besser kennen lernen kann.“ Die erste Stunde verging wie im Flug. In der fünf Minuten Pause blieb nur Zeit für einen schnellen Klassenwechsel. Nach einer von zwei Stunden Mathematik in der 8c klingelte es zur Pause... Endlich!!! Es machte zwar Spaß, war aber heute auch wirklich anstrengend. Ich hatte die ganze Zeit im Hinterkopf, wie es Betti wohl gehen mochte.

Hatte ich sie durch den Taschentausch in Bedrängnis gebracht? War sie jetzt wütend auf mich? Ich wusste es nicht, aber ich musste warten, bis wir uns später zu Hause trafen.

Ich ging hinunter ins Lehrerzimmer, ließ mich erschöpft auf eins der Sofas fallen und trank erst mal einen Becher Kaffee, bevor es wieder weiter ging. Insgesamt hatte ich eine Stunde Deutsch bei der 5b, eine Doppelstunde Mathe in der 8c, und letztendlich in der 10d und der 9a jeweils eine Stunde Deutsch und eine Stunde Mathe. Heute kam es mir die Zeit endlos vor.

Ich schlenderte zum Auto. Betti hatte mir eine Nachricht geschickt, dass sie mit Jenny schon nach der fünften Stunden nach Hause vorgegangen war.

Die nächsten Tage bis zum Wochenende vergingen ähnlich: genauso früh aufstehen, zur Schule fahren, unterrichten, zurückfahren, etwas Zeit mit Betti verbringen, wenn sie nicht gerade verabredet war, ins Bett gehen, und das ganze wieder von vorne. Dann war Wochenende. Und ich freute mich schon auf einen gemeinsamen Ausflug mit Max und Betti, denn das Wetter war trotz Spätherbst sonnig und bis 18°C angesagt. Perfekt für einen schönen Tag in der Natur.

Betti

Als wir zusammen gemütlich am Frühstückstisch saßen, meinte Max: „Es wird doch langsam echt mal Zeit, ein paar schöne Familienfotos zu machen. Oder nicht?"

Sina und ich bejahten. Nach dem Frühstück putzte ich flink die Zähne, zog mir was fototaugliches an und eilte die Treppen hinunter, wo Sina und Max schon ungeduldig auf mich warteten. Auch Sina und Max hatten sich noch einmal in einen neuen Dress geworfen. Wir drei sahen ziemlich gut aus, fand ich. Nachdem wir uns gegenseitig Komplimente zu unseren Outfits gemacht hatten, sagte Max voller Tatendrang: „Los geht´s! Bevor das Wetter es sich doch nochmal anders überlegt."

Mit dem Auto fuhren wir in die Richtung eines schönen, in der Sonne gelegenen, hohen Berges. Zum Glück mussten wir mit Max´ schwerer Kameraausrüstung nicht den ganzen Weg wandern, denn es führte (Gott sei Dank) auch eine Straße zum Gipfel. Oben angekommen, schossen wir erst einmal einige Familienfotos. Es war lustig und machte echt Spaß! Dann fragte mich Sina: „Sag mal, Betti, kannst du eigentlich Handstand?“ Ich nickte. Sie deutete auf einen Holzzaun, der den Durchgang zum Abgrund versperrte. Von dort aus hatte man eine famose Sicht auf die Stadt mit all ihren Sehenswürdigkeiten. Die Sicht war so klar, dass man sogar die Berge auf der gegenüberliegenden Seite erkennen konnte. Sina ging zu einem der dicken Holzpfähle, die die mit den Latten verbunden waren und rüttelte ein paar Mal an dem dran. Er bewegte sich minimal. „Der sollte dich schon aushalten.“, schmunzelte sie. Von Anfang an hatte ich schon kein gutes Gefühl bei der Sache, aber ich wollte auch nicht als Feigling dastehen. Vielleicht hätte ich besser nein sagen sollen, aber dafür war es jetzt wohl zu spät. Hätte ich mich wohl besser auf mein Bauchgefühl verlassen, als der Aufforderung nachzukommen. Hinterher ist man immer schlauer. Ich atmete tief durch, versuchte mir meine Unsicherheit nicht anmerken zu lassen und tat meine zweifelnden Gedanken einfach ab. Ich durfte nicht immer so viel nachdenken und mir um alles Sorgen machen, sonst würde ich wohlmöglich noch allen Spaß in meinem Leben verpassen. Das sagte Jenny immer zu mir. Bestimmt hatte sie auch meistens recht damit, aber diesmal...

Von neuer Zuversicht gepackt machte ich mit Schwung einen Satz. Oben war ich also schon mal. Ich konzentrierte mich und peilte den dicken runden Zaunpfahl an, auf dem ich den Handstand machen wollte. Gerade als ich mit den Beinen senkrecht in der Luft stand, gab es einen riesigen Knall. Eine Gruppe Leute neben uns hatten mit einem enormen Knall eine Flasche Sekt geöffnet. Ich erschrak so sehr, dass mir die Arme wegknickten und ich von dem Feiler stürzte. Ich kippte zur Seite. Leider zur falschen - in Richtung Abhang. Sina versuchte noch, mich festzuhalten. Zwecklos! Ich kam unsanft auf dem Boden des Abhangs auf und kullerte schwungvoll Richtung Abgrund. Im Rollen versuchte ich noch irgendetwas zu packen. Meine Rettung: ich bekam etwas zu fassen! Autsch! Reflexartig ließ ich wieder los. Ich hatte in eine Dornenhecke gegriffen. Haltlos rollte ich weiter den Berg hinunter. Ich konnte meine Körperteile nicht mehr fühle, und doch war da ein stechender Schmerz. Ich wusste nicht mehr, wo oben und unten war, geschweige denn links und rechts. Ich lag einfach nur auf dem Rücken und bewegte mich keinen Millimeter mehr. Was im Übrigen auch gut war, denn ich lag direkt am Rande eines Plateaus. Wäre ich auch nur einen Meter weiter gerollt, wäre ich geradewegs in die Tiefe gestürzt. Ich hatte wohl sprichwörtlich Glück im Unglück.

Weit weg vernahm ich Sinas und Max Stimmen. Sie waren nicht klar zu verstehen, nur schemenhaft. Ich schien wohl ohnmächtig geworden zu sein. Als ich langsam wieder zu mir kam, vernahm ich aus der Ferne das surrende Geräusch von Rotorblätter eines Helikopters. Erleichtert atmete ich auf. Rettung nahte! Jetzt wird alles gut. Dachte ich...

Kurze Zeit später seilte sich über mir eine Person aus dem Hubschrauber ab. Ich wurde auf eine Bahre gelegt, die mich über eine Seilwinde nach oben zog. Noch in der Luft, verlor ich erneut das Bewusstsein. Als ich die Augen wieder aufschlug, war immer noch alles schwarz. War ich etwa im Himmel, oder noch schlimmer; in der Hölle?!? Ich hatte keine Orientierung, und alles um mich herum war gleißend hell. Wo war ich?

Ich war weder zu Hause noch im Krankenhaus... Mir schwante Böses. War ich etwa das Opfer einer Entführung geworden?!? Warum nur? Welches Motiv sollte es geben? Ich hatte doch gar nichts, was jemand begehren könnte, keine reichen Eltern, keinen Promistatus. Aus Sicht eines Verbrechers war ich doch schlicht weg nichts Besonderes. Oder vielleicht doch? Gab es noch mehr Geheimnisse, von denen ich nichts wusste? Diese, und mindestens noch tausend andere Fragen schwirrten mir durch den Kopf. Wie würde es jetzt weiter gehen? War ich nun für immer verschollen? Auf einmal drang eine laute, polternde Stimme an mein Ohr. Der Entführer? Ich war kurz davor wieder bewusstlos zu werden. Die Stimme wurde lauter: „Machen Sie sofort die Tür auf! Widerstand ist zwecklos! Hier spricht die Polizei!!!" Instinktiv wollte ich um Hilfe schreien. Da erst merkte ich, dass ich an einen Stuhl gefesselt und geknebelt war. Einige Minuten später hörte ich ein lautes Poltern und Krachen hinter mir an der Wand. Darauf folgte das das Splittern von Holz und das Klicken eines Türschlosses. Hände nahmen mir erst meinen Knebel ab, und dann ein schwarzes Tuch von den Augen. Gleißend helles Licht blendete mich erneut.

Ich sah in die stahlharten, aber auf mich trotzdem freundlich wirkenden, eisblauen Augen einer schlanken, Polizistin. „Kannst dü auf-steh-hen?", fragte sie mich mit einem unüberhörbaren französischen Akzent. Ich versuchte es, doch es war vergeblich. Schließlich war ich, vor wie langer Zeit auch immer, einen Berg hinuntergestürzt. Max und Sina kamen hereingestürmt. Wie aus einem Munde und voller Erleichterung riefen sie: „Betti! Wie geht es dir mein Schatz. “ Max nahm mich auf den Arm und trug mich nach draußen, wo zwei Polizeiautos und ein Krankenwagen standen. „Es tut mir ja so leid, was passiert ist... Und dass alles wegen meines Übermuts!“, fing Sina an, doch mehr hörte ich nicht, dann wurde mir wieder schwarz vor Augen.

Als ich erneut aus meiner Ohnmacht erwachte, schaute ich wieder in dasselbe Gesicht mit den blauen Augen, nur diesmal war die Frau keine Polizistin, sondern eine Krankenschwester. Was war hier los? „Wo bin ich?“ fragte ich sichtlich orientierungslos. „Dü bist in Krankenaus, alles würd gutt.“, entgegnete die Pflegerin mit dem französischen Akzent lächelnd.

Ich war *wirklich* im Krankenhaus!!!

Irgendwie war ich ziemlich erleichtert darüber. Allem Anschein nach hatte ich in der Zeit meiner Ohnmacht die ganze Entführungsgeschichte nur geträumt. Die Geschehnisse der letzten drei Wochen waren wohl doch nicht spurlos an mir vorüber gegangen, geschweige denn verarbeitet worden, wie man an diesem wirren Traum sehen konnte. Als ich mich umsah, stand ein bunter Strauß Frühlingsblumen auf meinem Nachttisch. Auf zwei Stühlen neben meinem Bett saßen Sina und Max. Als ich die Augen aufschlug, sahen sie auf und schienen äußerst erleichtert. „Betti, bin ich froh, du bist wach. Was hast du uns einen Schrecken eingejagt. Es tut mir so leid, dass ich dich zu einer solch leichtsinnigen Aktion angestiftet habe.“ Bevor ich etwas erwidern konnte, klopfte es an der Tür.

Der Arzt, der hereinkam, trug ein Klemmbrett unter dem Arm. „Na, ausgeschlafen, junge Dame?“, schmunzelte er freundlich. „Da du jetzt wach bist, machen wir gleich noch ein paar Untersuchungen, und wenn alles in Ordnung ist, können deine Eltern dich morgen wieder mit nach Hause nehmen. Aber mach noch ein paar Tage langsam, verstanden?“ Mit einem mahnenden Blick an Sina und Max tadelte er: „Sie haben da ein Auge drauf, dass erst mal Schluss ist mit Akrobatik.“ Sina nickte stumm, ihr war es immer noch sichtlich unangenehm, mich in diese Lage gebracht zu haben. Max konnte sich ein Grinsen nicht verkneifen: „Das werden wir, Herr Doktor.“ Sagte er übertrieben ernst. Ich musste lächeln, doch selbst das war nicht ganz schmerzfrei.

Zuhause angekommen schloss Sina die Haustüre auf und begleitete mich nach oben. „Ruh‘ dich erst einmal aus, ich sag dir Bescheid, wenn es nachher Essen gibt.“ Ich betrat meine Wohnung und schaute mich um: es hatte sich nichts verändert, wieso auch, aber irgendwie erleichterte es mich trotzdem. Ich war froh über jede Kleinigkeit, die sich nicht veränderte.

Ich wusch mir die Hände und ließ im Anschluss Wasser in die Badewanne laufen. In einem meiner Schränke fand ich noch eine Badebombe mit der Duftrichtung Zuckerwatte, die ich ins Wasser legte, woraufhin es sich nach und nach rosa färbte. Dann ging ich zu meinem Kleiderschrank und suchte mir eine Jogginghose und ein Shirt raus. Kurze Zeit später ließ ich mich in das kuschelig temperierte Wasser gleiten. Eine guttuende Wärme umhüllte meinen Körper. Ich schmierte mir eine „Relax-

Maske“ ins Gesicht und schäumte meine Haare ein. Dann entspannte ich mich einfach.

So lag ich da, eine ganze Stunde lang. Danach brauste ich mir den Schaum von Körper und Haaren. Ich nahm einen Waschlappen vom Stapel und „demaskierte“ mich. Nachdem ich mich abgetrocknet hatte, schlüpfte ich in die frischen Klamotten, die ich mir eben herausgelegt hatte. Dann ging ich nach unten, wo Sina und Max bereits mit der Lasagne als Abendessen auf mich wartete. Ich hatte wohl doch ein bisschen länger als nur eine Stunde gebadet.

Alles in allem wurde es noch ein schöner Abend. Nach dem Essen setzten wir uns auf die Couch und sahen uns den Film „James Bond: Stille Wässer sind tödlich!“ an. Nachdem der Film aus war, überkam mich eine Müdigkeit, und ich verabschiedete mich und tappte hoch in mein Schlafzimmer.

Sina

Nachdem ich noch einmal leise einen Blick in Bettis Schlafzimmer geworfen hatte, um zu schauen, ob auch alles in Ordnung war, zog ich meinen Schlafanzug an und kuschelte mich in meine weiche, bunt gemusterte Decke. Bevor ich einschlief, schaltete ich meinen Wecker ein, dann versank ich im Land der Träume. „Beep-Beep, Beep-Beep, ...“, ich schreckte aus dem Schlaf hoch. So gut hatte ich lange nicht mehr geschlummert. Ich setzte mich aufrecht hin und räkelte mich. Ich schwang so elegant wie eben möglich die Beine aus dem Bett. Meine Zehen gruben sich wie jeden Morgen in den flauschigen Bettvorleger. Ich liebte dieses Gefühl des weichen Hochflorteppichs unter meinen Füßen. Ich startete mein Morgenprogramm im Badezimmer und packte noch schnell meine Tasche, bevor ich nach unten ging, wo Betti schon auf mich wartete. Als wir später das Haus verließen, plauderten wir fröhlich, was sich auch auf der Autofahrt nicht änderte. Ich war froh, dass sich Betti schnell von dem Stutz und den Strapazen erholt zu haben schien.

Über den Schultag hinweg gab es keine besonderen Vorkommnisse, und zum Glück war die Sache mit Betti und mir weder im Lehrerzimmer noch bei den Schülern mehr Thema.

Ich hatte zwei Stunden Deutsch in der 10b, eine meiner neuen Klassen, die sich aus dem Tausch mit Bettis Klasse ergeben hatte, und ließ sie einen Aufsatz zum Thema 'Geschichten, die euer Weltbild verändern' schreiben. Am Ende der Stunde sammelte ich die Hefte ein. Als ich mittags mit Max und Betti gegessen hatte und Betti ihre Hausaufgaben machte, ging ich in mein Arbeitszimmer und zog die Arbeitshefte aus meiner Tasche.

Manuel Schmitt stand auf dem ersten Heft. Ich holte meinen Lehrerkalender hervor, in dem ich mir die bisherigen Leistungen der Schüler von der mir vorangegangenen Kollegin übernommen hatte und schaute unter seinem Namen.

Nur Einser, sowohl in Epo als auch im Schriftlichen. Ich schlug sein Heft auf (angenehmer Weise hatte Manuel sogar eine halbwegs leserliche Handschrift für einen Jungen) und begann zu lesen:

Einmal ging ein alter Mann zu seinem Enkel. Er sagte: „Stell dir vor, ich schenke dir ein Konto, auf dem 86.400 € liegen. Und jeden Tag füllt sich dieses Konto wieder auf genau 86.400€ auf. Es gibt nur eine Bedingung: irgendwann nehme ich dir das Konto wieder weg. Was würdest du tun?" „Ich würde das Geld natürlich ausgeben, für meine Familie, meine Freunde, für mich, und einen Teil würde ich spenden.", entgegnete der Junge. „Aber wieso fragst du mich das?" Der alte Mann lächelte und nickte. Dann meinte er: „Mein Junge, was du tätest, wäre genau richtig. Jeder Tag hat genau 86.400 Sekunden. Genieße jede davon und koste sie aus. Tue mit deiner Zeit genau das, was du auch mit deinem Geld getan hättest. Schenke sie denen, die du liebst und nimm dir Zeit für die, die es brauchen. Wenn du dies tust, dann hast du den Sinn des Lebens verstanden!"

Wow! Eine wirklich tolle Geschichte. Dieser Junge hatte das Thema wirklich erfasst und auf den Punkt gebracht. Ich war beeindruckt. Ich war gespannt, wie die anderen Schüler das Thema aufgegriffen hatten. Weiter ging es mit dem nächsten Heft. Es war das von Olivia Jones. Auch ihre Geschichte machte mir Freude, sie zu lesen:

In Frankreich, in der Nähe von Paris, lebte einmal ein junges Pärchen. Sie fuhren zusammen auf einem Motorrad über die Autobahn. Auf einmal beschleunigt das Motorrad, als sie bergab fahren. Die Freundin sagt: „Bitte Schatz. Fahr langsamer. Ich habe Angst." Der Mann zog sich während der Fahrt den Helm vom Kopf und reichte ihn dem Mädchen nach hinten: „Nimm du den Helm. Ich möchte, dass du ihn aufsetzt." „Okay. Mach jetzt aber bitte wieder langsamer...*Bitte*!" „Dann sag mir, dass du mich liebst." „Ich liebe dich!" „Ich dich auch. Halt dich gut an mir fest." Danach kam das Motorrad von der Straße ab. Am nächsten Tag steht in der Zeitung: „19-Jähriger bei Motorradunfall ums Leben gekommen. 18-Jährige hat mit leichten Verletzungen überlebt!" Der Junge hatte bemerkt, dass die Bremsen des Motorrades nicht richtig funktionierten, und hatte seine Freundin unter einem Vorwand dazu gebracht, sich zu retten und ihm ein letztes Mal zu sagen, dass sie ihn liebt. Etwas kitschig, aber schön.

Nachdem ich zehn weitere Hefte durchgelesen hatte, kam ich zu der Erzählung, die Annabella Smith verfasst hatte:

Eines Tages kam ein kleiner Junge mit einem Brief von der Schule nach Hause, den er seiner Mutter geben sollte. Während diese den Brief las, kamen ihr die Tränen. Der kleine Junge fragte: „Mama, was ist los? Was steht in diesem Brief?" Die Mutter lächelte und weinte. Dann brachte sie hervor: „Hier steht, dass du zu schlau bist für die Schule. Sie finden keinen Lehrer, der dich unterrichten kann, deswegen, soll ich das von zu Hause aus machen und dir einen Privatlehrer engagieren." Da die Mutter dafür kein Geld hatte, unterrichtete sie mit viel Geduld, Zeit und Einfühlungsvermögen ihren kleinen Jungen. Die Jahre verstrichen und der kleine Junge entwickelte sich hin zu einem erfolgreichen Ingenieur. Irgendwann verstarb seine Mutter, und er fand den Brief, den er damals von der Schule mit nach Hause gebracht auf dem Schreibtisch seiner Mutter. Er begann zu lesen und konnte kaum glauben, was dort stand:

„Liebe Frau Berme,

mit diesem Brief möchten wir Ihnen mitteilen, dass Ihr Sohn der Schule verwiesen wird. Er ist zu dumm, um den Leistungen zu entsprechen, und wir finden keinen passenden Lehrer, der ihn unterrichten könnte."

Gezeichnet: Der Schulleiter

Da wurde dem jungen Mann klar, dass er all das, was er erreicht hatte, einzig und allein dem starken Willen und dem Vertrauen seiner Mutter, das sie in ihn setzte, zu verdanken hatte. Und nun kamen auch ihm die Tränen.

Diese Geschichte war wirklich rührend. Nach einigen weiteren Arbeiten kam ich an das letzte Heft, welches Nanu Wießler gehörte. Auch seine Geschichte traf genau das Thema:

Eines Tages ging ein Lehrer in die Klasse. Er erzählte einen Witz, und alle Schüler lachten. Der Lehrer erzählte den Witz noch einmal, und viele lachten immer noch. Der Lehrer erzählte den Witz immer wieder und wieder, bis irgendwann niemand mehr lachte. Da meinte der Lehrer: „Seht ihr...über ein und denselben Witz könnt ihr nicht unendlich oft lachen, aber die Sorgen und Probleme, der Hohn und Spott anderer, die beschäftigen euch unendlich lange. Warum das? Warum sollen es immer die negativen Dinge sein, die uns prägen?“

Betti

Nachdem ich nach dem Mittagessen meine Hausaufgaben erledigt hatte, ging ich nach unten und backte in der Küche einen Kuchen, den ich mit einer rosafarbenen Glasur und Streuseln verzierte. Nachdem ich die Küche wieder halbwegs aufgeräumt hatte, kam Sina nach unten. Gerade pünktlich zum Kuchenessen, genau genommen ließen wir einfach das Abendessen ausfallen und genossen meine Backkreation mit viel Sahne als Tipping. Als wir damit fertig waren, spielten wir ein paar Runden Backgammon, bevor ich mich zum Schlafen in meine Wände zurückzog.

Mitten in der Nacht wachte ich plötzlich auf. Irgendetwas hatte mich geweckt. Ich schaute mich im dunklen Zimmer um. Nur der Mondschein brachte etwas Licht herein. Plötzlich erschrak ich fürchterlich: In der Ecke meines Schlafzimmers stand eine weiße Gestalt. Ihre Augenhöhlen waren leer und ihr Hals blutunterlaufen. Die weißen Haare hingen ihr strähnig über die Schultern. Draußen blitzte es, so dass ich die Erscheinung für den Bruchteil einer Sekunde hell erleuchtet sah. Ihre Klamotten waren zerrissen, und aus ihrer Haut tropfte ekelerregender grüner Glibber. Ein ohrenbetäubender Donnerschlag krachte laut in die Stille. Ich zuckte zusammen. Als ich wieder in die

Richtung des zombieartigen Wesens starrte erkannte ich, dass es auf mich zu kam!!! Ich versuchte zu schreien und wegzulaufen, doch mein Körper hörte nicht auf mich. Ich war zu keiner Bewegung fähig. Es blitzte und donnerte erneut. Es war, als wäre ich mit unsichtbaren Ketten an mein Bett gefesselt. Ich öffnete meinen Mund und wollte um Hilfe schreien, aber meine Stimmbänder schienen ebenfalls wie gelähmt zu sein. Kein Ton kam über meine Lippen. Eiskalter Angstschweiß rann mir über die Stirn. Gerade als die Gestalt ihre Hände nach mir ausstreckte.... klingelte mein Wecker. Ich war wie gerädert. Ich hatte noch nie in meinem Leben einen Alptraum gehabt und wollte es auch nie wieder.

Beim Frühstück erzählte ich meinen Eltern von meiner fürchterlichen Nacht. Sina war direkt wieder besorgt, aber Max meinte, dass dieses Erlebnis zwar nicht besonders erfreulich sei, aber dass in meiner Situation schon mal vorkommen kann, dass man im Schlaf Geschehnisse und Ängste verarbeitet, die dann relativ wirr in einem gruseligen Traum enden. Er bot mir an, wenn ich über die Trennung von meiner früheren Familie und mein neues Leben lieber mit einem Psychologen sprechen wollte, dass er mir bei einem befreundeten Kollegen einen Termin machen könne. Das lehnte ich aber erst einmal ab, denn eigentlich fühlte es sich hier bei Max und Sina mittlerweile ganz gut an. Sicher, einige Dinge waren noch immer etwas befremdlich, auch wollte ich nicht von jetzt auf gleich Mama oder Papa zu ihnen sagen, was sie auch verstanden, weshalb ich sie einfach weiter mit ihren Vornamen ansprach. Aber vielleicht sollte ich jetzt, wo die Weihnachtsferien vor der Tür standen und wir wieder mehr Freizeit hatten, nochmal einen Tag bei Marissa, Torben und Daisy verbringen.

Sina und Max hielten das für eine gute Idee, also verabredete ich mich für den nächsten Tag mit meiner früheren Familie. Es machte richtig Spaß, sie noch einmal, um mich zu haben, und es war zu meiner Erleichterung kein bisschen unnatürlich. Wir unterhielten uns über alles Mögliche, was bei ihnen und mir in der Zeit seit unserm letzten Treffen so alles passiert war. Auf einmal fragte Marissa mich: „Sag mal, Betti, du hast doch immer schon gerne geschrieben. Hast du mal daran gedacht, deine Geschichte aufzuschreiben?“ „Ja, genau, Talent hast du ja, und vielleicht wird deine Erzählung ja sogar ein Bestseller!“, fügte Torben lachend hinzu und zwinkerte mir dabei zu.

Plötzlich hatte ich eine Intuition. Die beiden hatten mich auf eine Idee gebracht. Es stimmte, ich hatte schon immer ein Talent zum Verfassen von Texten gehabt, also warum sollte ich es nicht nutzen und meine Erlebnisse zu Papier bringen. Irgendwo hatte ich mal gelesen, dass traumatisierte Menschen ihre Erfahrungen aufschreiben und in einem Buch verarbeiten. Vielleicht könnte ich so auch weiteren dieser gruseligen Alpträume vorbeugen. Ich hatte doch jetzt zweieinhalb Wochen freie Zeit.

Gesagt, getan! Ich verschanzte mich die nächsten Tage an meinem Schreibtisch und arbeitete unermüdlich. Es sprudelte förmlich nur so aus mir heraus. Am Ende hatte ich ein fast zweihundertseitiges Manuskript vorzulegen. Darin schrieb ich alles nieder, was ich durchlebt hatte. Ganz vorne ins Buch schrieb ich eine Widmung; das wollte ich schon immer mal machen, denn das tun viele bekannte Autoren. Sie galt meinen beiden Familien.

Nachdem ich mir all diese Sachen von der Seele geschrieben hatte, ging es mir in der Tat deutlich besser. Ich fühlte mich wie befreit. Offensichtlich hatte ich auf diese Art und Weise eine Methode gefunden, mit Dingen, die mich belasteten, abzuschließen. Lange hatte ich über einen passenden Titel für mein Werk nachgedacht und mich letztendlich entschlossen, es ‚Always get´s better' zu nennen, weil ich gemerkt hatte, dass mit der Zeit immer alles irgendwie besser wird, egal, wie überfordert oder traurig man gerade ist. „Traurig sein zu können ist eigentlich eine gute Emotion, denn wenn man unglücklich ist, weil etwas endet, heißt das doch nur, dass man vorher eine sehr gute Zeit gehabt haben musste, an die man sich erinnern kann", schrieb ich als Ende meines letzten Kapitels.

Ich löste den Blick von meinem Laptop und starrte aus dem Fenster nach draußen ins Leere. Dann erinnerte ich mich, wie oft ich in letzter Zeit unglücklich und überfordert gewesen war, doch plötzlich schoben sich all die schönen Erinnerungen an die Zeit davor über meine sorgenvollen Gedanken, und ein breites durch und durch glückliches Lächeln kam aus meinem Innern hervor und überzog mein Gesicht.

In mir keimte plötzlich der Gedanke auf, dass ich mit diesem Buch anderen Menschen helfen wollte, die vielleicht Ähnliches erlebt hatten wie ich. Ich grübelte. Dann googelte ich. Solange, bis ich etwas gefunden hatte, was mir vielleicht weiterhelfen könnte: Ich fand den Aufruf eines großen Verlags für einen

Schreibwettbewerb. Thema: ´Manchmal kommt es anders, als man denkt. ` Das passte doch ziemlich perfekt.

Der Abgabetermin war bereits Anfang nächster Woche, also verbrachte ich zwei weitere Tage damit, mein Werk noch ein bisschen zu perfektionieren, indem ich manche Wörter auswechselte und noch die ein oder andere kleine Szenen hinzufügte. Schließlich designte ich noch eine Titelseite. Sie zeigte ein Foto von mir. Da ich allerdings nicht mein Gesicht zeigen wollte, nahm ich eins, auf dem ich nur von hinten zu sehen war. Für den Schnappschuss hatte ich mir extra verschiedene Frisuren gemacht und dann eines ausgewählt, auf dem ich eine - wie ich fand hübsche - Hochsteckfrisur hatte. Nachdem ich alles Formatiert und zur Sicherheit mehrfach gespeichert hatte, druckte ich das Buch aus. Hatte dieser Moment etwas Feierliches...! Und als die letzte Seite aus dem Drucker schnellte, machte ich genau im passenden Moment ein Snap und schickte ihn Jenny. Sie sollte auf keinen Fall wieder die Letzte sein, die eine entscheidende Neuigkeit aus meinem Leben zufällig erfuhr. Danach packte ich das beachtliche Papierbündel und zeigte das Resultat meiner mehrtägigen Isolation Sina und Max.

Diese waren ziemlich beeindruckt und erlaubten mir selbstverständlich, mein Werk zusammen mit einem Exposé an den Verlag zu senden. Unsere Namen hatte ich natürlich durch andere ersetzt und damit anonymisiert.

Als ich den dicken frankierten Umschlag in den Briefkasten einwarf, durchzuckte mich ein Gefühl des Stolzes. Jetzt hieß es warten, warten, warten.

Ganze vier endlos wirkende Tage saß ich wie aufglühenden Kohlen. Dann endlich erhielt ich per E-Mail eine Nachricht von dem Verlag. Als ich die Nachricht las, ging ich vor Freude fast an die Decke. In der Rückmeldung des Verlags stand, dass sie von meinem Buch im höchsten Maße beeindruckt waren, und dass ich deswegen vom Verlagschef herzlich dazu eingeladen war, schon am nächsten Tag zu einem persönlichen Gespräch vorbeizukommen. Ich konnte es kaum fassen.

Als ich meinen Eltern von den fantastischen Neuigkeiten berichtete, waren diese beinahe noch mehr aus dem Häuschen als ich. Sina sah voller Tatendrang auf die Uhr, und es sprudelte sofort aus ihr heraus: „Wir haben jetzt fünf Uhr Nachmittag. Du brauchst noch genügend Schlaf, deswegen würde ich vorschlagen, dass du gegen acht Uhr ins Bett gehst. Das sind noch drei Stunden. Sei du bitte so nett und kümmere dich um unser Abendessen“, der letzte Satz hatte Max gegolten. Wir warfen uns einen vielsagenden Blick zu und nickten stumm, denn wir wussten beide, dass es keinen Sinn machen würde, Sina zu widersprechen. Sie war nicht mehr zu bremsen; wenn sie sich etwas in den Kopf gesetzt hatte, hatte es noch keiner geschafft, sich ihrem Plan zu widersetzen. So viel hatte ich in den zwei Monaten unseres Zusammenlebens schon begriffen.

Meine Mutter hakte sich bei mir unter und zog mich in Richtung meines Kleiderschrankes. Nach einer Stunde umziehen hatten “wir“ (eigentlich hatte Sina das komplette Kommando übernommen) uns für ein dem Anlass angemessenes Outfit entschieden. Letztendlich entschieden wir uns für eine weiß-blau gestreifte Bluse, eine schwarze Highwaste Jeans, weiße Lack Sneakers mit Plateausohle.

Nach einer weiteren halben Stunde stand auch das Make-up fest: kirschroter Lippenstift. Ansonsten war alles nur dezent gehalten: mattierendes Puder, Wimperntusche, Highlighter, Rouge. Sina wollte nichts dem Zufall überlassen - und schon gar nicht mir. Sie war so voller Stolz, dass sie um sich herum nur wenig bis gar nichts mitbekam. Wenn sie mir eine Frage stellte, beantwortete sie sie im gleichen Atemzug direkt selbst. Ich ließ sie machen, denn alles, was sie raussuchte, gefiel mir sehr gut, und ich war mir sicher, dass ich mich in den Sachen wohlfühlen würde, sonst hätte ich sie ja nicht gekauft.

Jetzt, wo „Zumindest schon einmal das Outfit feststand“ (Zitat nach Sina;) gingen wir nach unten, um zu Abend zu essen. Es gab Pizza. Wie sich herausstellte, war Max ein sehr guter Koch. Es schmeckte wunderbar. Wir erzählten und lachten, bis mich Sina, die Uhr fest im Blick, nach oben schickte, um mir Ruhe zu gönnen. Ich wusste, dass ich wahrscheinlich vor Aufregung eh kein Auge zu machen würde, also ging ich ins Bad und duschte ausgiebig, peelte mein Gesicht und wusch mir mit meinem Pfefferminz-Shampoo die Haare. Ich liebte diesen Duft von frischer Minze. Gut gelaunt schlüpfte ich in meinen Schlafanzug, föhnte meine Haare, bis sie nur noch ganz leicht feucht waren und flocht mir vier kleine Zöpfe, die ich mit Schaumfestiger fixierte und danach noch einmal darüber föhnte. Ich schaute auf die Uhr, es war schon nach zehn. Zeit fürs Bett. Ich stellte meinen Wecker auf halb sieben. Das sollte reichen, wenn ich um halb elf Uhr im Verlag sein sollte. Ich legte mich in mein Bett und versuchte einzuschlafen, doch meine Unwissenheit über den morgigen Tag ließ mich nicht wirklich zur Ruhe kommen. Was würde mich morgen erwarten? Würden sie tatsächlich mein Buch veröffentlichen wollen? Diese und mindesten tausend weitere Fragen raubten mir an diesem Abend den Schlaf. Irgendwann schaffte ich es dann doch, irgendwie im Land der Träume zu versinken.

Trotzdem war ich vor dem Wecker wach. Nicht gerade ausgeschlafen, aber voller Vorfreude. Ausnahmsweise trank ich zwei Tassen Milchkaffee, um richtig munter zu werden, obwohl ich sonst eigentlich eine richtige Frühaufsteherin war. Nachdem ich gefrühstückt hatte, zog ich mich um und schminkte mich. Im Anschluss öffnete ich die Zöpfe, die ich mir gestern Abend geflochten hatte, und band mir die Locken, die dadurch entstanden waren, zu einem tiefliegenden Pferdeschwanz zusammen. Als nächstes ging ich zu meinem Schreibtisch, wo ich mein handschriftliches Manuskript heraussuchte, welches ich zusammen mit meinem Laptop, meinem Handy und ein paar Stiften in meinen Rucksack packte. Dann ging ich nach unten in die Küche und packte mir für alle Fälle noch einen Smoothie und einen Apfel ein. Ich hatte ja keine Ahnung, wie lange mein Gespräch im Verlag dauern würde, und deshalb wollte ich auf Nummer sicher gehen, dass ich nicht mit knurrendem Magen dort sitzen musste.

Sina und Max fuhren mich in die Stadt. Auf der Fahrt wuchs meine Aufregung immer mehr, welche allerdings trotzdem nicht das strahlende Lächeln aus meinem Gesicht wichen konnte. Als wir vor dem Verlagsgebäude standen, wünschten meine Eltern mir noch ein letztes Mal Glück und meinten, ich solle mich melden, wenn ich fertig war und sie mich wieder abholen sollten.

Dann stieg ich aus dem Auto. Mein Herz klopfte mir bis zum Hals, als ich meine Füße auf den Asphalt der Straße stellte. Bis zum Verlagsgebäude waren es nur knapp zwanzig Meter, doch der Weg bis zum Eingangsbereich erschien mir ewig. Als ich vor den beiden Wachmännern stand, die die riesige Drehtüre sicherten, stieg meine Aufregung ins Unermessliche. Die beiden freundlich aussehenden Herrn fragten mich höflich nach meiner Einladung. Ich zeigte ihnen die Mail, die ich am gestrigen Tage erhalten hatte. Während der eine die Nachricht las, nickte er immer wieder. Dann sah er auf, gab mir mein Handy zurück und meinte lächelnd: „Melde dich da vorne links an der Empfangstheke, dort bekommst du genaue Informationen, wo du hin musst. Hut ab übrigens, wir hatten, glaube ich, noch nie eine so junge Autorin, und ich mache diesen Job nicht erst seit gestern.“ Von außen wirkte alles recht unscheinbar und ruhig, wobei die Größe des Gebäudes, das unendlich viele Etagen haben musste, durchaus beeindruckend war. Doch als ich durch das Portal trat, kam ich in einen Strom von Erwachsenen, die wild durcheinander fuhren. Ja, sie fuhren.

All diese Menschen, vermutlich alles Autoren, die ich vor mir sah, glitten auf seltsam aussehenden, schwarzen Dingern über den glänzenden Marmorboden durch die Halle. Jeder schien ein anderes Ziel zu haben, und alle fuhren dem entsprechend in allen Richtungen durch die Halle. Was für eine außenstehende Person wie mich wie ein chaotisches Treiben aussah, unterlag in Wahrheit bestimmt einem ausgetüftelten Konstrukt an Koordination, denn jeder dieser Menschen schien vollkommen unbesorgt, dass in dem Gewimmel ein Unfall passieren könnte. Besonders interessant fand ich, dass die Zweirädrigen Fortbewegungsmittel einander automatisch auswichen. Die Größe und Fülle der Halle schüchterte mich schon etwas ein, doch ich versuchte, ganz cool zu bleiben und mir nichts anmerken zu lassen.

Mit selbstbewussten Schritten bahnte ich mir einen Weg durch das Gewühl, bis ich schließlich bis zum Empfangstresen durchgedrungen war. Dahinter saß ein junger, sportlich aussehender Mann mit schwarzen Haaren, der schätzungsweise um die zwanzig Jahre alt war. Als er mich sah, stand er auf und stützte seinen Ellenbogen lässig auf die Theke. Seine dunkelbraunen, großen, wunderschönen Augen glitzerten freundlich. „Hallo. Wie kann ich dir helfen?“, fragte er mit einem Zwinkern. Ich zog mein Handy aus der Tasche und zeigte ihm die Mail mit dem Einladungsschreiben. Während er las, musterte ich ihn genauer.

Er hatte gebräunte Haut und philippinische Gesichtszüge, schätzte ich, und er war soooooo hübsch!!! Als er mir mein Handy reichte, sagte er: „Hi, ich bin Evim, und wie heißt du?“ „Hi, ich bin Betti“, gab ich recht unbeholfen zurück und wusste nicht genau, wo ich hinschauen sollte. „Willkommen Betti! Ich bringe dich jetzt in das Büro des Chefs. Spring auf meinen Jetbot, dann müssen wir nicht den ganzen Weg laufen." Er deutete auf eines dieser Fahrzeuge, mit denen hier alle fortbewegten. Mit der Anweisung: „Jetbot E1 zu Station zwei – Büro Chef.", setzte sich das Gefährt in Bewegung.

Ich zuckte kurz zusammen, als der Jetbot unter mir erst anfing zu vibrieren und sich dann lautlos in Bewegung setzte. Evim, der meine Schrecksekunde bemerkt hatte, lächelte und meinte: „Ziemlich cool, oder?" Ich nickte. War er nicht süß? Jetzt, wo ich der Situation geschuldet unmittelbar neben ihm stand, zog der Duft seines Parfums in meine Nase. Er sah nicht nur umwerfend aus, sondern roch auch noch unglaublich gut. „Da sind wir!" Evims Stimme riss mich aus meinen Gedanken. Ich stieg vom Jetbot E1 und klopfte an der Bürotür, auf der in goldenen Lettern `T.J. Hank` stand. Aus dem Inneren schallte mir ein laut vernehmbares „Herein" entgegen. Mit leicht zitternder Hand drückte ich die Klinke hinunter und trat in das Büro des Verlagschefs. Das Herz klopfte mir bis zum Hals. Ich sah mich in dem riesigen Raum um, dessen Inneres äußerst gemütlich aussah, was meine Aufregung direkt etwas minderte. Der Einrichtung nach zu urteilen war dieser T.J. Hank zumindest schon einmal kein Spießer.

In der Ecke standen ein Schreibtisch und drei Stühle: zwei im Clubsessel-Stil davor, ein großer, ledernder Bürostuhl dahinter. Der Rest des Raumes war mit einer Sofaecke und drei weiteren Sesseln bestückt, in deren Mitte ein Beistelltisch im 70er-Jahre-Nierenform-Stil.

In einem der Sessel saß Herr Hank. Ich schätzte sein Alter auf irgendwas um die vierzig Jahre. Er hatte blonde, kurz geschnittene Haare, die im Bereich der Stirn allerdings schon etwas lichter wurden. Als er mich sah, lächelte er. Ich fand, dass Leute, die lächelten, immer etwas jünger wirkten, als sie eigentlich waren... „Guten Tag. Du musst Betti Blackfield sein, richtig? Ich bin Thomas Hank, du kannst mich aber gerne Thomas nennen, das Duzen gehört bei uns quasi zur Firmenphilosophie“, begrüßte mich der Verlagschef. „Also, Betti, wollen wir uns nicht lange mit Rumgeplänkel aufhalten und kommen lieber direkt zur Sache. Ich war wirklich sehr beeindruckt von deinen literarischen Fähigkeiten. Der Lektor in der Wettbewerbs-Juri, der dein eingereichtes Werk gelesen hatte, war ganz verzaubert. Eine der tollsten Leistungen, die uns seit langem im Schreibwettbewerb erreicht haben. Auch der Illustrator, der die Cover bewertet, fand die Idee, die du dafür hattest, sehr gelungen. Aber das dachtest du dir bestimmt schon, nicht wahr?“ Ich traute meinen Ohren kaum. Alle die Gedanken und Sorgen, die ich mir noch am Vorabend und in der Nacht gemacht hatte, waren auf einmal wie weggeblasen.

„Naja, um ehrlich zu sein, eher nicht. Ich hatte im Traum nicht mit solch einem Erfolg gerechnet und hatte ehrlich gesagt eher die Befürchtung, dass ich mein Manuskript nach dem Korrekturlesen wahrscheinlich nicht mehr wiedererkennen würde. Ich konnte es kaum fassen, als mich die Mail erreichte, dass ich den ersten Preis gewonnen habe. Wann darf ich denn die ausgeschrieben zwei Wochen Praktikum in ihrem Verlag antreten? Ginge das vielleicht schon in den Osterferien?“

„Also...“, fing Thomas an, „...nun zu den organisatorischen Dingen“, er reichte mir ein Blatt, „Um ehrlich zu sein, wollten wir von dem Angebot des Praktikums Abstand nehmen.“ Hatte ich mich zu früh gefreut? Kam jetzt nach dem freundlichen Einstieg noch das große ABER? Sofort beschlich mich wieder das Gefühl von Unsicherheit, aber bevor es mich gänzlich überfiel, fuhr Thomas fort: „Wir würden dir gerne eine Autorenstelle anbieten, zunächst einmal zeitlich begrenzt, aber wir dachten, dass würde einem ausgemachten Schreibtalent wie dir eher zusagen als nur ein zweiwöchiger Einblick in das Verlagsleben. Kurz um, wir würden dir für dein Buch gerne die Rechte abkaufen und es zum Druck frei geben. Du hättest natürlich dann auch Verpflichtungen, also Lesungen in diversen Buchhandlungen, um es zu vermarkten etc... Natürlich alles nach der Schule, versteht sich.“

Hatte ich richtig gehört? Autorenstelle? Das war ja unglaublich. Nicht einmal in meinen kühnsten Träumen hätte ich mir das vorstellen können. Doch bevor ich Zeit hatte, diese Information sacken zu lassen, reichte Thomas mir einen Packen Papier und erklärte: „Hierdrauf findest du den Ablauf und die wichtigsten Termine zusammengefasst. Evim hast du ja bereits kennengelernt, er wird dir bei allen aufkommenden Fragen zur Seite stehen und behilflich sein. Natürlich nur, wenn du das Angebot annehmen möchtest und deine Eltern ihren Segen dazu geben.“ „Klar möchte ich, und wegen meiner Eltern machen Sie sich, ähm, also mach dir keine Sorgen. Die sagen bestimmt Ja.“ jubelte ich los, wobei ich mich selbst für einen Moment über meinen unkontrollierten Ausbruch an Unbeschwertheit wunderte, denn das war sonst gar nicht meine Art. Aber das war ja hier auch gerade alles so gar nicht normal. Thomas konnte sich ein Grinsen nicht verkneifen: „Du hast alle Zeit, die du brauchst, denk in Ruhe drüber nach, aber falls du dir schon mal einen ersten Eindruck verschaffen möchtest: ganz oben auf dem Stapel ist die ´To-do-List´, was auf dich zukommt, wenn du dich entscheidest, für uns zu arbeiten. Nichts davon musst du allein tun, du bekommst natürlich für alles professionelle Hilfe zur Seite gestellt.“

Ich nickte, immer noch ganz wie in Trance, und sah auf das Blatt:

- Verlagsführung
- Einräumen Büro
- Vorstellung Teamrunde
- Termine für Buchlesungen vereinbaren
- Coverdesign überarbeiten

Ich war schon ganz in Gedanken versunken, als Thomas mich erneut aus meinen Fantasien riss: „Eine Sache fehlt in deiner Ausrüstung allerdings noch…“, er deutete neben den Schreibtisch. Dort stand ein Jetbot. Ich hätte schwören können, dass dieser vorher noch nicht da gestanden hatte - da mussten meine Sinne mir wohl einen Streich gespielt haben. „Ich habe mir erlaubt, ihm bereits einen Namen zu geben. Er heißt Jetbot B13…“, fuhr er fort. Die letzten beiden Worte flüsterte Thomas, damit nur ich, und nicht auch der Roboter sie hören konnte.

Im Anschluss reichte er mir einen weiteren Zettel. „Hierdrauf findest du die Nummern der verschiedenen Stationen. Du musst einfach nur deinen Zielort nennen, dann bringt er dich ohne Umwege dorthin.“

Jetbot	Verzeichnis:
1-	Büro
2-	Chefbüro
3-	Empfang
4-	Cafeteria
5-	Lager
6-	(...)
7-	(...)
8-	(...)
9- (...)	

„Wenn du das Gebäude verlässt, park deinen Jetbot unten in der Empfangshalle. Da sind Ladestationen, so ist er wieder einsatzbereit, wenn du zurückkehrst. Hast du noch Fragen, sonst übergebe ich dich nämlich jetzt an Evim, mein Terminkalender ist heute mal wieder eng getaktet, und ich bin spät an. Also, Betti, nochmal herzlich willkommen im Verlag.“, damit drehte er sich zu seinem Schreibtisch um und griff nach dem Telefon. Mit einem „Danke. Tschüss.“ verließ ich leise den Raum. Vor der Tür hatte Evim auf mich gewartet. Zusammen fuhren wir zu einem Ort, der als „Lager“ programmiert war.

Während wir dahinglitten, sagte Evim: „Ich glaube, du bist aktuell die Jüngste Autorin, die wir hier haben. Respekt, du scheinst in der Chefetage echt Eindruck hinterlassen zu haben!"

Ich platzte fast vor Glück!!! Jetzt bloß nicht rot werden, dachte ich. Dieser wahnsinnig gutaussehende Typ hatte ***mich*** gelobt, ich meine mich... Ich gehörte ja nun wirklich nicht zu den Mädchen, bei denen die Jungs sonst reihenweise Schlange standen. „Ist die Geschichte eigentlich wahr?", wollte er wissen. „Ja, also fast, 90% würde ich sagen", antwortete ich. „Oh nein, Betti, jetzt bloß nicht wieder in Statistiken und Zahlen verfallen, nicht gut. Lass das.", durchströmte es meine Gedanken. „Krasse Story jedenfalls. Wie kann man so was denn solange geheim halten?", entgegnete Evim glücklicherweise schnell genug, bevor ich weitersprechen konnte. Ich zuckte mit den Schultern: „Weiß ich auch nicht."

Plötzlich hielten unsere Jetbots an. Evim stieg ab und öffnete die Türe direkt vor uns. Wir betraten gemeinsam das Lager. „Das ist unsere Möbellagerhalle.", sagte er und deutete auf reihenweise aneinander folgende Stahlregale, in denen sich riesige Kartons befanden. An jeden Karton war ein Bild mit dem darin befindlichen Möbelstück angeheftet. Als ich eingetreten war, brauchte ich erst einmal einen Moment, um mich an das neue Raumgefühl zu gewöhnen. Alles hier war von immenser Größe. „Fast wie bei Ikea hier", dachte ich. Ein schlichtes "Wow!" entfuhr mir. Evim lächelte. „Gefällt es dir?" „Natürlich, es...es ist ziemlich cool.", entgegnete ich. „Aber was machen wir jetzt hier?"

„Hier darf sich jeder Verlagsmitarbeiter seine Büroeinrichtung zusammenstellen. Du hast die freie Auswahl. Zeig mir, was dir gefällt, und ich gebe es in mein Tablet ein, damit die Möbel in das für dich vorgesehene Büro gebracht werden können, dann kannst du in ein paar Tagen quasi schon einziehen." Ich drehte mich einmal um meine eigene Achse. „Wahnsinn! Echt, einfach nur Wahnsinn…!", rief ich begeistert aus.

Es waren ein paar Tage seitdem vergangen. Sina und Max hatten mir alle nötigen Unterschriften und Erlaubnisse gegeben. Sie waren so stolz auf mich. Auch Jenny hatte sich wahnsinnig mit mir gefreut, und wir hatten meinen Erfolg entsprechen gefeiert. Ich musste ihr versprechen, dass ich sie mit zu meinen Lesungen nehmen würde, sie liebte und genoss es im Gegensatz zu mir, im Mittelpunkt zu stehen, und sie wollte sich auf gar keinen Fall so ein Event mit Presse und sowas entgehen lassen. Natürlich würde ich sie überall mit hinnehmen. Sie war meine beste Freundin und hatte sich das echt verdient. Außerdem: wenn Jenny in der Nähe war, fühlte ich mich sofort ausgeglichener, keine Ahnung, woran es lag, es war einfach so.

Heute war es so weit. Ich ging nach der Schule in den Verlag. Evim hatte mir geschrieben, dass mein Büro fertig sei.

Ich stand in dem Raum, der extra für mich hergerichtet worden war, und ließ die Atmosphäre meines frisch eingerichteten Büros auf mich wirken. Ich konnte noch immer kaum fassen, dass das alles wirklich passierte. Der Raum war weiß gestrichen, eine Wand war vom Boden bis zur Decke mit einer riesigen Metallplatte verkleidet, an der schätzungsweise einhundert

Magnete in den buntesten Farben hingen. In der Ecke des Zimmers standen zwei rosafarbene, mit Plüsch bezogene Sessel, vor denen ein weißer Couchtisch stand, was dem Raum, wie ich fand, ein gemütliches Flair gab. An einer Wand stand eine Vitrine, in der ich später den ersten Druck meines fertigen Buches ausstellen würde. Noch war sie natürlich leer, aber das sollte sich, wenn alles gut lief, ja bald ändern. Das Herzstück des Raumes allerdings bildete ein wunderschöner, großer, weißer Schreibtisch. Darauf lagen in pastellpink eine Schreibtischunterlage sowie ein gleichfarbiger Stiftehalter und zwei buntgemusterte, übereinander liegende Notizbücher. Auch ein gerahmtes Bild, welches mich mit meinen „beiden Familien" zeigte, hatte einen Platz auf meinem Schreibtisch gefunden. Nachdem mein Büro fürs erste fertig eingerichtet war, widmete ich mich Punkt 2 auf der To-do-Liste: Der Verlagsführung.

All die Orte wie die Cafeteria, der Empfang etc. wirkten auf mich sowohl beeindruckend als auch beängstigend zu gleich. Die Hallen waren prunkvoll, und in ihnen herrschte ein stetiges Treiben - oder eher eine ständige Unruhe, denn nirgends war es wirklich still. Alles war voller erwachsener Menschen, die ich nicht kannte. Klar, in der Schule war es auch immer wuselig, aber die Größe dieses Verlages und seiner Mitarbeiter war eine ganz andere Dimension. Es war ja auch nicht irgendein Verlag, sondern einer der Größten deutschlandweit. Diese ganzen neuen Eindrücke erschöpften mich ein wenig, so dass ich mir in der Cafeteria einen Erdbeercappuccino genehmigte, welcher, mal ganz nebenbei bemerkt, absolut traumhaft schmeckte. Ich genoss die Aussicht vom obersten Stockwerk, in dem sich die

Cafeteria befand. Man hatte einen grandiosen Blick über die ganze Stadt.

Es war ein Wahnsinnsgefühl, einfach so hier zu sitzen, in einem Verlagsgebäude, als Jungautorin, und dann auch noch mit einem absolut unglaublich süßen Typen.

Wenn ich daran dachte, wie mein Leben noch so vor ein paar Monaten war. Ich war ein normaler Teenager, nichts Besonderes, dann plötzlich stand mein Leben mehr Kopf, als ich es jemals hätte erdenken können. Alles war furchtbar, verwirrend, dem Weltuntergang nahe. Und jetzt... Vielleicht war meine ganze Geschichte vom Schicksal vorbestimmt - besser hätte es nicht für mich ausgehen können.

Und zum ersten Mal seit langer Zeit spürte ich ein Gefühl von purem Glück, ein Glück ohne Wenn's und Aber´s.

Ein Fingerschnippen riss mich aus meinen Gedanken. Es war Evim, der mit seiner Hand vor meinem Gesicht rumfuchtelte. „Hallo, Erde an Betti! Bist du noch auf diesem Planeten? ", lachte er. „Oh, entschuldige. Das ist nur alles so beeindruckend. Was hattest du gerade gesagt?" Während wir uns unterhielten, hielt ich meinen To-Go-Becher fest in den Händen. Ich hatte Sorge, sonst wieder in Gedanken abzuschweifen, und ein zweites Mal wäre das echt peinlich gewesen. Wir saßen den halben Nachmittag da und unterhielten uns ausgelassen.

Evim erzählte, seine Lieblingssportart sei das Bogenschießen, dass er nun schon seit über 10 Jahren machte, und dass er gerade mit dem Gedanken spielte, seinen Waffenschein als

Sportschütze zu erwerben. Letzteres fand ich nicht ganz so prickelnd, ich mochte keine Waffen, aber das mit dem Bogenschießen hatte was. Irgendwie beinahe romantisch, wie bei Robin Hood. Freitags nach Feierabend ging er immer ins Fitnessstudio in der Nähe des Verlages. Ich erzählte ihm, dass ich seit sieben Jahren Karate machte und dass Max uns zu Hause ein eigenes Dojo eingerichtet hatte. Er schien beeindruckt: „Soso, man darf sich also von deinem Äußeren nicht täuschen lassen. So zart wie du scheinst, bist du also in Wirklichkeit gar nicht." Er zwinkerte mir zu. Die Art, wie er das sagte, ließ mich für einen Augenblick lang eine Gänsehaut bekommen. Ich sah mich zwischendurch etwas unsicher um. Am Nachbartisch bemerkte ich eine Gruppe junger Leute, die immer wieder zu uns rüber schauten, und in mir kam das Gefühl auf, dass, während wir hier so saßen, uns die Blicke der anderen durchbohrten. Hinter vorgehaltener Hand wurde geflüstert. Ich schnappte einige Worte auf: „Arrogante Ziege", „viel zu jung", „Schleimerin". Redeten sie etwa über mich? Evim schien das nicht zu bemerken und redete in einem Zug unaufhörlich weiter.

Er stoppte seinen Redefluss erst, als plötzlich eine hochgewachsene junge Frau mit forschem Schritt geradewegs auf unseren Tisch zukam. Ich betrachtete sie genauer, und auf den zweiten Blick war sie doch gar nicht so groß, sie trug nur schätzungsweise vierzehn Zentimeter hohe Absätze. Ihr Gesicht war stark geschminkt, und ihre langen brünetten Haare glänzten im Licht der Deckenlampen. Ihre Stimme war eitel und herablassend, als sie mich von oben bis unten musterte und in schnippigem Ton von oben herab zu sagte: „Du hältst dich wohl für was Besseres. Du kleines Mädchen solltest besser ganz schnell von deinem hohen Ross herunterkommen, sich beim Chef einschleimen und dann auch noch an Evim ranmachen. Pack dein Schäufelchen und geh zurück in den Sandkasten. Das ist kein Kindergarten hier."

„A…A…Aber…I…I…", fing ich an.

„Sei still Junipa! Sie hat dir doch gar nichts getan! Verschwinde und versprüh dein Gift irgendwo anders.", damit sprach Evim genau das aus, was ich hatte sagen wollen. Meine Augen fingen allmählich an, sich mit Tränen zu füllen. Mit aller Kraft versuchte ich, sie zurückzuhalten. Erst schien es, als würde Junipa sich abwenden, doch dann drehte sie sich zu mir um und kippte ihren Becher mit Cappuccino mit Schwung über meine Bluse. Hämisch beugte sie sich zu mir hinunter und zischte, dass es kaum hörbar war: „Finger weg von Evim. Er gehört mir!" Ich war so geschockt, dass ich mich nicht bewegen konnte, geschweige denn etwas antworten. Selbst das Atmen fiel mir schwer. „Es reicht!", schrie Evim sie an. „Du hast sie doch nicht mehr alle. Das wird noch ein Nachspiel haben, glaub mir." Dann fügte er an mich gewannt mit deutlich ruhigerer Stimme hinzu: „Komm Betti, wir gehen zu Thomas. Das musst du dir nicht bieten lassen. Junipa wird ihren Auftritt noch bereuen, glaub mir." Er fasste mich an der Hand und zog mich aus der Cafeteria. Ich konnte immer noch nicht glauben, was da gerade passiert war. Sollte mein Traum jetzt schon wieder enden, bevor er richtig begonnen hatte?

Alle Augen ruhten auf Evim und mir. Ich spürte jeden einzelnen dieser Blicke, manche waren gespannt, andere geschockt und der ein oder andere vielleicht sogar schadenfroh. Evim schien das nicht zu stören, er lenkte die Jetbots mit dem Befehl: „Jetbot B13 & E1 zu Station zwei – Büro Chef." Langsam, aber sicher fingen die Gespräche im Saal wieder an einzusetzen, und ich war froh darüber. Schleppend fiel die Anspannung von mir ab. „*Danke*", flüsterte ich. Evim antwortete mit einem Lächeln und legte mir die Hand auf die Schulter, nur ganz kurz, dann ließ er sie wieder los, doch es reichte, um die Schmetterlinge in meinem Bauch wieder ans Tanzen zu bringen.

Nachdem Evim Thomas die Geschichte erzählt hatte, war dieser fassungslos und konnte gar nicht aufhören, den Kopf darüber zu schütteln. „Das sie in ihrer Art eher schwierig ist, ist Jedem hier im Hause zu Genüge bekannt, aber das geht nun doch entschieden zu weit.", meinte er, rief Junipa auf ihrem Handy an und bestellte sie ohne Umwege in sein Büro. Dort musste sie sich zähneknirschend bei mir entschuldigen und versprechen, dass solch ein Vorfall oder ähnlicher Art nicht noch einmal vorkäme.

„Was gibt diesem Kind (und das Wort Kind betonte sie extra stark, um mir eins reinzuwürgen) eigentlich das Recht, sich hier plötzlich so breit zu machen?" „Talent!", antwortete Thomas kurz und knapp. „Talent!" „Soll das heißen, sie ist eine begnadetere Autorin als ich?", zeterte Junipa. „Das hat niemand gesagt, und keiner außer dir zweifelte an deiner Begabung, aber Betti kann dir durchaus das Wasser reichen." Thomas warf Junipa einen vielsagenden Blick zu und fuhr fort: „Tu in deiner verletzten Eitelkeit nicht so, als wollte man dich von deinem Thron stupsen. Anstatt Betti einzuschüchtern hättest du ihr deine Hilfe anbieten sollen, sich hier bei uns einzuleben. Aber jetzt gebe ich dir nur noch den einen Rat: halt dich von ihr fern. Sollten sich weitere Vorfälle dieser Art ereignen, werden sich unsere Wege in Zukunft wohl oder übel trennen müssen."

Das hatte gesessen, und es schien, dass selbst Junipas sonst so selbstbewusstes Dasein unter diesen Worten bröckelte. Nachdem sie sich bei mir mehr oder weniger freiwillig für ihr Verhalten entschuldigt hatte, verließ sie schmollend das Chefbüro. Im Hinausgehen streifte sie knapp meine Schulter, und ihr böser Blick jagte mir einen Schauer über den Rücken.

Als Max und Sina mich am Abend abholten, war ich fix und fertig. Ich nutzte die Autofahrt, um ihnen von meinem Tag zu erzählen, doch sobald wir zu Hause angekommen waren, ging ich nach oben, schminkte mich ab und zog mich um, um dann völlig erschöpft in mein Bett zu fallen.

Eine ganze Woche lang vergingen meine Tage nach nahezu demselben Schema: Aufstehen, Schule, Verlag, Bett; und wieder von vorne. Doch dann kam der Tag, der mein Leben noch mehr auf den Kopf stellen sollte.

Erst schien alles noch ganz normal zu sein. Mein Wecker klingelte, ich stand auf und zog mich an. Dann ging ich nach unten, wo ich mit meiner Mutter zusammen frühstückte. Ich weiß noch genau, über was wir uns unterhielten; sie sagte mir an diesem Morgen, wie stolz sie auf mich sei, weil ich mein neues Leben so gut meisterte und all den vielen Herausforderungen so tapfer standhielt. Ich hatte ihr mit übertrieben wichtiger Stimme geantwortet: „Je mehr Sinnvolles man tut, desto weniger Zeit hat man für unnütze Dinge. Das kann man sogar mathematisch beweisen." Wir mussten beide laut lachen. Als Antwort umarmte sie mich, gab mir einen Kuss auf die Wange und sagte: „Das ist meine Tochter!"

Bis zur ersten Pause schien noch alles wie sonst nach Plan zu laufen, doch dann, als ich auf dem Schulhof stand, sah ich Evim am Schulhoftor stehen. Stimmte etwas im Verlag nicht? Ich bahnte mir einen Weg durch die Schülerschar, die sich dicht an dicht auf dem Pausenhof drängte. Als ich vor ihm stand, fiel mir das erste Mal so richtig auf, wie groß er war. Ich verschränkte die Arme vor der Brust und drehte meine Schultern ganz nach hinten. Um ihm ins Gesicht schauen zu können, musste ich meinen Kopf ein wenig in den Nacken legen.

„Wieso bist du schon da?", fragte ich, „ich habe noch vier Stunden Unterricht, bevor ich in den Verlag kann...oder ist etwas passiert?" „Nein, nein...", er schüttelte den Kopf und fuhr sich langsam durch die Haare. „Deswegen bin ich nicht hier." Es entstand eine kurze Pause. Ich sah ihn fragend an. „Wieso dann?" Er seufzte. „Verdammt, man!", er biss auf seiner Unterlippe herum. „Es ist so..., Nein, also..., Ich glaube..., nein, das kann ich nicht tun! Du bist fast fünf Jahre jünger als ich." Ich zog die Augenbrauen hoch. Evim verwirrte mich. Was meinte er? „Was, was kannst du nicht tun?" Ich rechnete mit so ziemlich allem, doch was dann kam, haute mich völlig um, weil ich in keinem Fall darauf vorbereitet gewesen war. „Ich... ich glaube, ich habe mich in dich verliebt!"

Er wurde rot. Ich stand sprachlos da.

Am liebsten hätte ich laut losgejubelt, geschrien vor Freude, getanzt vor Glück. Aber so unvorbereitet und in dieser Umgebung war ich mit dieser Information, bei der ich bei einer Einladung ins Kino oder einem Date in der Eisdiele vor Freude aus dem Häuschen gewesen wäre, gänzlich überfordert. Deshalb tat ich das wahrscheinlich Unvorteilhafteste, was ich in dieser Situation hätte tun können: ich drehte mich um und rannte weg. Diese Situation stresste mich total, weil ich überhaupt keine Ahnung hatte, wie ich damit umgehen sollte. Er konnte doch nicht einfach in der Pause auftauchen und mir ein Liebesgeständnis machen.

Alles um mich herum begann sich zu drehen. Dementsprechend machte dann auch mein Kreislauf schlapp, und ich fiel auf dem Weg ins Schulgebäude ein paar Stufen die Treppe hoch. Dort blieb ich einfach erst einmal sitzen und atmete tief durch.

Jenny hetzte mir entgegen. „Hey, alles okay? Wo warst du denn auf einmal hin? Alles okay?“ fragte sie keuchend. Ich nickte nur. Dann los, wir kommen zu spät in Sport, und du weißt doch, was das heißt. Also, mach schon.“ Mit diesen Worten war sie auch schon eine halbe Etage weiter. Ich rappelte mich wieder auf. Mist! Ich war echt spät dran und musste mich auch noch umziehen. Bei meinem Glück würde ich es auch nicht schaffen, mich unbemerkt in die Halle zu schleichen. Unsere Sportlehrerin gehörte zu den Personen, denen ihr Ruf schon vorauseilte. Sie war eine der strengsten Lehrerinnen, die es auf unserer Schule gab, und Verspätungen akzeptierte sie nie. Das hieß für mich erst mal: 50 Liegestütze extra.

Nach noch einer Stunde Erdkunde und einer Stunde Mathematik hatte ich es endlich geschafft. Ich wartete vor der Schule auf Sina. Zusammen stiegen wir ins Auto und fuhren nach Hause. Während der gesamten Autofahrt überlegte ich, wie ich sie am besten um Hilfe bitten konnte. Auf der einen Seite hatte ich das Gefühl, dass mein „Problem" irgendwie kein richtiges war und deshalb vielleicht eher lächerlich wirken könnte, auf der anderen Seite wusste ich wirklich nicht, was ich tun sollte. Ich saß wie auf glühenden Kohlen.

Sina schien es mir anzumerken, dass mich was beschäftigte, denn sie fragte: „Was ist denn mit dir los? Du benimmst dich heute irgendwie seltsam. War was in der Schule?" Nervös spielte ich an meinen Fingerspitzen. Was sollte ich jetzt tun? Ich hatte mir noch nicht den perfekten Text überlegt, um mein Problem passend zu beschreiben. Aber ich wollte sie auch nicht anlügen.

Also konterte ich mit einer Gegenfrage: „Können wir später darüber reden? Ich würde erst noch gerne allein etwas darüber nachdenken.

Sina

Ich war verwirrt. Hatte es etwas mit unserer Familie zu tun? Fühlte sie sich vielleicht doch nicht wohl bei Max und mir? Sofort schossen mir viele Fragen durch den Kopf, aber ich wollte Betti auch nicht bedrängen, also sagte ich nur: „Klar, ist okay. Komm einfach zu mir, wenn du so weit bist." Ich konnte meine Sorge nicht ganz ausblenden, aber ich versuchte, Betti gegenüber gelassen zu wirken.

Vor unserem Haus angekommen zog ich den Schlüssel aus dem Zündschloss und öffnete die Fahrertüre des Autos. Auch Betti stieg aus. Sie wirkte gedankenversunken. Wir nahmen beide unsere Taschen und gingen ins Haus. Max war noch nicht da. Nachdem ich mein Schulzeug im Arbeitszimmer abgelegt hatte, ging ich in die Küche, um das Mittagessen vorzubereiten. Betti hatte sich erst einmal nach oben in ihren Bereich zurückgezogen, aber es dauerte nicht lange, da stand sie in der Küche. „Tee?", fragte ich und hielt ihr einen Becher mit heißem Ingwertee entgegen. Sie streckte die Hand nach der Tasse aus, und mit einem „Danke" setzte sie sich. Während sie mir von der heutigen Begegnung mit Evim erzählte, schien sie ein wenig beschämt. Nachdem sie geendet hatte, schaute ich sie an und fragte. „Und warum genau bist du jetzt weggelaufen? Den Teil der Geschichte verstehe ich nicht ganz. Du hast doch gerade erzählt, dass du ihn auch magst, sehr sogar."

Sie stöhnte. „Mann, Sina, ich war in dem Moment halt überfordert. Im Nachhinein könnte ich mich dafür Ohrfeigen. Was soll ich denn jetzt tun. Wie soll ich denn so gleich in den Verlag gehen? Evim muss mich doch für total bescheuert halten. „Sprich mit ihm, genauso, wie du es mir gerade erklärt hast. Es war auch wirklich eine doofe Idee gewesen, dich in der Schule damit zu überfallen. Für Romantik schein er ja nicht gerade ein Händchen zu haben, dein Evim. Nein, jetzt mal im Ernst. Mach da keine große Sache draus, wenn er dich wirklich so gernhat, wie er sagt, wird er es verstehen. Wahrlich kommt er sich auch gerade vor wie ein Depp und denkt, dass du nichts mehr mit ihm zu tun haben willst. Er wird erleichtert sein, wenn du ihm alles erklärst." „Du hast leicht reden.", konterte Betti mit einem Seufzer. „Sprich mit ihm!", bestärkte ich sie.

Wir hörten, wie die Haustür ins Schloss fiel, und kurz darauf stand Max in der Küche. „Mit wem soll sie sprechen?", fragte er fröhlich wie immer. „Mit mir? Was hat meine liebe Tochter mir denn Besonderes zu berichten?" Ich wechselte zuerst einen Blick mit Max, dann einen fragenden mit Betti.

Betti

Ich zuckte lächelnd mit den Schultern und Sina erzählte ihm, nachdem sie sich mit einem zweiten fragenden Blick bei mir versichert hatte, ob es okay war, was sich heute ereignet hatte. Zu meiner Verwunderung runzelte Max bei dem Namen Evim die Stirn. Aber warum? Oder war nur er misstrauisch, weil sich plötzlich ein Junge für mich interessierte, der ein paar Tage älter war als ich?

Max

Als ich den Namen Evim hörte, wurde ich stutzig. Wir hatten seit einiger Zeit in unserem Sportschützenverein auch einen Typen namens Evim. Er war kurz davor, seine Prüfung für den großen Waffenschein abzulegen, und nun trainierten wir sogar zu denselben Zeiten. Dadurch verbrachten wir natürlich mehr Zeit miteinander, und ich fand ihn eigentlich auch ganz nett, aber ich hielt ihn, was Mädchen anging, eher für einen Aufreißer. Er wurde nach dem Training schon ein paar Mal von einem Mädchen abgeholt. Bisher war ich davon ausgegangen, dass er schon eine Freundin hatte. Ich konnte nur hoffen, dass meine Tochter nicht von diesem Evim sprach. Zu allem Übel hielt sie soeben ein Bild von ihm hoch, welches von der Verlags-Homepage stammte. Es war genau dieser Evim. Ich verkniff mir jedoch erst einmal jeglichen Kommentar und beschloss, die Situation auf eine andere Weise zu klären. Stattdessen kommentierte ich das Foto mit zusammengebissenen Zähnen nur mit einem kurzen: „Hübsch! Sieht gut aus.“, und versuchte, mir nichts weiter anmerken zu lassen.

Dass ich Evim kannte, wollte ich erst einmal für mich behalten. Ich würde ihn später beim Training sehen und ihm da auf den Zahn fühlen. Ich wollte nicht, dass er Bettis Gefühle auf irgendeine Weise verletzte, indem er in der Beziehung zweigleisig fuhr.

Betti

Nachdem Sina geendet hatte, benahm Max sich irgendwie merkwürdig. Hatte er etwas gegen Evim? Dabei kannte er ihn doch gar nicht. Ich verstand ihn nicht. Warum hatte er so verbissen gewirkt? Seltsam..., aber ich war so sehr damit beschäftigt, wie und was ich Evim sagen sollte, wenn ich ihn das nächste Mal traf, dass ich meine Gedanken bezüglich Max´ Verhalten erst einmal bei Seite schob.

Sina

Ich merkte sofort, dass mit Max etwas nicht stimmte. Also sagte ich zu Betti gewandt: „Nimm dir doch heute für den Verlag einfach frei, dann hast du genügend Zeit, dir was zu überlegen. Du musst ja heute nicht unbedingt hin, dein Termin für die Buchlesungen beginnen doch erst in zwei Wochen. Also, geh nach oben und chill einfach ein bisschen. Vielleicht kannst du dich ja auch mit Jenny treffen oder so. Das bringt dich auf andere Gedanken. " Und zu Max: „Ich glaube du wolltest mir doch noch was aus der Praxis erzählen, stimmts?". Mit diesen Worten zog ich Max am Arm aus dem Raum. Als Betti außer Sicht- und Hörweite war, konnte ich nicht mehr an mich halten: „Was zum Teufel ist denn los mit dir?", fragte ich. „Merkst du nicht, dass sie ihn auch mag? Und da fällt dir nichts Besseres ein außer \`Hübsch\`? Sie ist das erste Mal verliebt, da sollten wir sie unterstützen, wenn sie sich uns schon anvertraut." „Er wird sie verletzen, Sina. Hast du dir das Foto mal angeschaut, das ist ein Aufreißer", entgegnete Max gereizt. „Woher willst du das wissen? Du beurteilst doch sonst nicht die Leute nach ihrem Äußeren. Also, was steckt dahinter?" „Er hat mit Sicherheit schon eine Freundin, wenn eine reicht. Ich kenne ihn." Für einen Moment war es still. Ich schaute Max mit großen Augen an: „Wie? Was soll das hießen, du kennst ihn? Woher?" „Er ist seit einiger Zeit in unserem Sportschützenverein. Eigentlich ein ganz netter Typ, aber..." Max stockte kurz, und ich hakte nach: „Aber?" und sah ihn auffordern an. „Er wurde schon ein paar Mal nach dem Training von einer jungen Frau abgeholt. Letzte Woche noch. Und wer sollte es sonst sein, wenn nicht seine Freundin? Also muss ich wohl davon ausgehen, dass er sie hintergeht oder Betti nur ausnutzt. So, jetzt weißt du es."

Ich ließ mir mit meiner Antwort Zeit. Ich musste darüber nachdenken, was Max mir gerade berichtet hatte. Ich konnte seine Bedenken verstehen, aber ich hatte auch gemerkt, wie sehr Betti diesen Evim mochte. Was war also das richtige?

Letztendlich ließ ich mein Herz entscheiden. Ich versuchte stets, positiv zu denken und an das Gute im Menschen zu glauben, deshalb konnte ich mir nicht vorstellen, dass er Betti einfach so hintergehen würde. Sowohl Betti als auch Max hatten von seinen guten Eigenschaften, seinem zuvorkommenden Benehmen etc. erzählt, also konnte dieser Evim doch gar kein so schlechter Typ sein. Deshalb schaute ich Max an und sagte: „Ich verstehe deine Bedenken, aber ich finde, wir sollten ihm eine faire Chance geben." Max zog eine Augenbraue hoch, das tat er immer, wenn er einer Sache skeptisch gegenüberstand. Wir redeten noch eine Weile, und so langsam umspielte wieder ein leichtes Lächeln seine Lippen. „Ich beneide dich um deinen grenzenlosen Optimismus, aber wohl ist mir bei der Sache nicht." Er stand auf und küsste mich auf die Stirn. „Ich muss los. Ich habe jetzt Training!" Ich nickte, hielt ihn aber an der Hand fest. Vergiss nicht, was wir besprochen haben, wenn du ihn siehst. Okay?" Max seufzte, und mit einen etwas ratlosen Nicken verließ er das Zimmer. Ich hörte, wie die Haustüre ins Schloss fiel und Max im Auto davonfuhr. Mich beschlich ein unruhiges Gefühl, und ich hoffte inständig, dass er sich an unsere Absprache halten würde.

Max

Ich startete den Motor und fuhr los.

Als ich am Parkplatz des Vereinsgeländes ankam, kam Evim schon auf mich zu und klopfte mir freundschaftlich auf die Schulter, was meine Stimmung nicht gerade hob. „Hey, was ist los?", fragte er „Was guckst du denn heute so verkniffen?". Ich beschloss, dass ich nicht gleich mit der Tür ins Haus fallen sollte. Ich hatte es Sina versprochen, also entgegnete ich nur kurz: „Alles bestens, nur etwas Stress in der Praxis heute." Evim plapperte einfach weiter. „Mein Tag war auch nicht der Beste. Bei dem Verlag, in dem ich arbeite, habe ich voll das coole Mädchen kennengelernt. Ich mochte sie von Anfang an, okay, sie ist etwas jünger als ich, aber trotzdem, irgendwie ist sie etwas

Besonderes, und ich hab´ mich Hals über Kopf in sie verliebt." „Das Training beginnt!" wollte ich das Gespräch schnellstmöglich unterbrechen, aber Evim schien das gar nicht zu realisieren. Er redete ohne Punkt und Komma weiter: „Heute bin ich dann zu ihr hin und habe ihr meine Gefühle gestanden, weil ich dachte, sie fühlt das gleiche für mich, aber sie ist einfach weggelaufen. Ich dachte, ich würde sie noch bei der Arbeit treffen, aber sie hat sich für heute frei genommen. Jetzt weiß ich nicht, was ich davon halten soll. Was meinst denn du? Warten oder sie anrufen?"

Ich schloss kurz die Augen und atmete tief durch. Vielleicht hatte ich ihn falsch eingeschätzt und reagierte nur über, weil ich ihr Vater war.

„Sie ist meine Tochter!", entfuhr es mir. „Deine Tochter?", Evim sah mich verwundert an. „Wen meinst du?" „Betti!", erwiderte ich und meine Stimme hatte wohl einen leicht energischen Unterton. „Ich wusste nicht, dass du eine Tochter hast!", sagte Evim sichtlich verwirrt. „Mir egal! Wage es nicht, ihre Gefühle zu verletzen." „Nein, wie kommst du darauf? So etwas würde ich niemals tun. Ich mag sie. Wirklich!"

Ich brauchte jetzt erst einmal etwas Abstand. Deshalb ließ ich Evim auf dem Parkplatz stehen. Ich hätte mich ohrfeigen können. Ich hatte es Sina versprochen, und jetzt war es doch aus mir herausgeplatzt. Hoffentlich hatte ich es jetzt nicht noch schlimmer gemacht. Wie würde Betti reagieren, wenn sie davon erfuhr? Aber bevor ich weiter mit Evim sprechen konnte, musste ich erst einmal meine eigenen Gedanken sortieren.

Während des Trainings war Evim öfter als sonst in meinem Blickfeld, aber vielleicht kam es mir nur so vor, weil ich heute darauf achtete. Er wirkte über die gesamte Trainingszeit hinweg benommen oder traurig. Jedes Mal, wenn er merkte, dass ich ihn ansah, straffte sich seine Körperhaltung, und er setzte eine neutrale Miene auf. Sobald er sich unbeobachtet fühle, sackte er wieder in sich zusammen. So hatte ich ihn noch nie erlebt. War ich zu weit gegangen? Hätte ich besser den Dingen ihren Lauf lassen sollen? Nach dem Training ging ich zurück zum Auto. Evim ging ein paar Schritte vor mir, aber auch er schien die Sache nicht mehr ansprechen zu wollen. Als ich gerade die Autotür öffnete, um einzusteigen, sah ich, wie ein roter Sportwagen vorfuhr und neben Evim hielt.

Sollte ich also doch Recht behalten? Hatte er mir eben einfach ins Gesicht gelogen? Aber warum sollte er mir diese Geschichte dann überhaupt erzählt haben? Nichts passte zusammen, gar nichts. Evim stieg ins Auto und die Blondine, die am Steuer saß, drückte ihn und gab ihm einen Kuss auf die Wange. Evim schien bemerkt zu haben, dass ich ihn beobachtete. Er stieg aus dem Auto und kam rüber.

Was wollte er noch, ich hatte alles gesehen, was ich sehen musste. Als ich mich wegdrehte, um ins Auto zu steigen, damit ich nicht noch mehr sagte, als ich eh schon getan hatte, spürte ich seine Hand auf meiner Schulter. Ich fuhr herum: „Was willst du?“ herrschte ich ihn an. Statt erschrocken zurückzuweichen schaute er mir in die Augen und sagte in einer absolut ruhigen Stimmlage: „Nur bevor du das Falsche denkst, das ist meine Stiefschwester, sie holt mich ab und zu vom Training ab, wenn sie in der Stadt ist, und wir gehen zusammen was essen." Nach einer kurzen Pause fügte er hinzu. „Aber ich werde deinen Wunsch respektieren und mich von Betti fernhalten, soweit es unsere Zusammenarbeit im Verlag zulässt. Wahrscheinlich will sie eh nichts von mir wissen, sonst wäre sie ja heute Morgen nicht weggerannt." Nachdem er geendet hatte, stieg er ins Auto und knallte die Tür zu.

„Evim! Warte!" rief ich hinter ihm her, aber das Auto startete durch, bevor ich die Beifahrertür erreichen konnte.

So ein Mist Sina würde mich köpfen, wenn sie das erfuhr. Zum Glück schlief sie schon, als ich nach Hause kam. Und morgen früh würde ich auch schon in der Praxis sein, bevor sie und Betti zum Frühstück kamen. Es war zwar Wochenende, aber ich hatte Notdienst. Das verschaffte mir etwas Zeit, aber ich fühlte mich furchtbar.

Betti

Ich räkelte mich und stieg aus dem Bett. Es war ein Samstagmorgen, und ich musste zum Verlag. Ich ging in meinen Kleiderschrank und langte nach einem dunkelblauen Blazer, einem gleichfarbigen, knielangen Rock und einer weißen Bluse. Aus einer Schublade griff ich mir eine farblich passende Strumpfhose. Ich duschte, putzte die Zähne und zog mich dann an. Nachdem ich mich so im Spiegel sah, fühlte ich mich gleich

noch ein Stückchen besser. Ich legte ein dezentes Make-up auf und band mir meine Haare zu einem tiefliegenden Pferdeschwanz.
Dann ging ich in zu meinem Schreibtisch und griff nach meiner Tasche, in der sich mein Laptop befand.

Ein letzter Blick in den Spiegel, dann ging ich die Treppe hinab. Nachdem ich mich von Sina, die mir versicherten, wie stolz sie auf mich war, verabschiedet hatte, trat ich aus der Haustüre. Mit dem Bus fuhr ich zum Verlag. Meine Gedanken kreisten rund um die Sache mit Evim. Ich mochte ihn, ja, aber ich hatte Angst. Angst, ihn als Freund zu verlieren, sollte unsere Beziehung scheitern. Was sollte ich bloß tun? Ich tröstete mich mit dem Gedanken, dass ich Evim vielleicht heute gar nicht über den Weg laufen würde. Beschwingten, federnden Schrittes betrat ich das Verlagsgebäude. Heute war der Tag, an dem ich endlich das fertige Coverlayout für mein Buch sehen würde, bevor dann endlich der Druck der ersten Auflage starten sollte.

Ich steuerte meinen Jetbot ohne Umwege zur Druckerei. Ich war so aufgeregt, dass ich sogar meine Sorge um das Zusammentreffen mit Evim für einen Moment vergaß.

Evim

Ich hatte eigentlich vorgehabt, Betti aus dem Weg zu gehen, aber daraus sollte nichts werden. Thomas erteilte mir den

Auftrag, sie über die Neuerungen im Verlag zu informieren und sie nach ihrem Termin in der Druckerei zu ihrem Büro zu begleiten, um mit ihr die Änderungen im Ablauf für Marketing und die Lesungstermine zu besprechen. Verdammt! Konnte ich nicht einmal Glück haben? Eigentlich gab es nichts Schöneres, als in ihrer Nähe zu sein, aber nach meinem Gespräch mit Max wollte ich unsere gemeinsame Zeit am liebsten so reduziert wie möglich halten. Ich mochte Betti sehr, aber ich musste Max Entscheidung respektieren, auch wenn ich sie nicht verstand. Kurz kam mir in den Sinn, alles aufzuklären und mit Betti über die Ansage von Max offen zu sprechen, aber das würde mit Sicherheit einen riesigen Streit auslösen, entweder zwischen Max und Betti oder Max und mir, oder beides. Bevor ich also etwas in diese Richtung unternahm, wollte ich beim nächsten Training erst noch einmal das Gespräch mit Max suchen.

Betti

Als ich in meinem Büro saß, überkam mich plötzlich ein komisches Gefühl der Einsamkeit. Meine Gedanken kreisten um die Begegnung mit Evim gerade eben. Ich hatte versucht, mich bei ihm dafür zu entschuldigen, dass ich einfach weggelaufen war und rang dabei umständlich nach Worten, mich zu erklären, aber Evim hatte mir gar keine Gelegenheit dazu gegeben. Er sagte nur kurz: „Lass uns uns bitte auf die Arbeit hier konzentrieren, ich habe heute einen vollen Terminplan."

Eine dämlichere Ausrede hätte es nicht geben können, und ich wusste genau, dass es ein Vorwand war, nicht mit mir über seine Gefühle sprechen zu müssen. In seinem Blick hatte nicht mehr dieser freudige, lebendige Glanz gelegen. Ohne es zu wollen hatte ich ihn wohl sehr verletzt, und er schien noch nicht bereit, zu verzeihen. Würde das Arbeiten im Verlag immer noch genauso unbeschwert und witzig sein können wie bisher? Diese und mindestens einhundert weitere Fragen schwirrten mir unbeantwortet durch den Kopf. Wer würde mich jetzt vor Junipas bösartigen Blicken beschützen? Als ich so dasaß und darüber nachdachte, stiegen mir unwillkürlich Tränen in die Augen. Was, wenn er Thomas bitten würde, mir einen anderen Mitarbeiter als Mentor zur Seite zu stellen? Und was, wenn er dann wieder mit Junipa zusammenarbeiten würde? Dann hätte sie erreicht, was sie wollte.

Eine weitere Woche verging, in der Evim mich so wenig wie möglich beachtete, was mir jedes Mal einen Stich versetzte. Jeden Versuch, ein privates Gespräch zu beginnen, erstickte er geschickt im Keim und wand sich unserer Arbeit zu. Er sagte, die Tour mit den Buchlesungen müsse bis ins Detail geplant sein, und es wäre besser, wenn ich mich darauf konzentrierte, wie ich demnächst meine Auftritte meisterte. Deshalb buchte er mir so viele Meetings mit den Vocal Coaches wie möglich unter dem Vorwand, als Neuzugang wäre ein intensives Training unabdingbar, womit er auch recht behielt. Trotzdem glaubte ich, er nutzte dies, um weniger in meiner Nähe sein zu müssen. Ich las also die markantesten Passagen aus meinem Buch, die ich dann auch in den Lesungen vor Publikum vortragen sollte, immer und immer wieder. Die Kritik der Coaches war zu Beginn nicht leicht zu ertragen, sie beanstandeten die Betonung, kritisierten mein Lesetempo und, und, und... Es nervte, aber ich merkte, dass ich mit jedem Mal sicherer wurde und dadurch auch besser. Insgeheim war es doch gut gewesen, mir die volle Stundenzahl zu buchen, aber die Zeit ohne Evim fehlte mir, während sie ihm wohl eher Erleichterung verschaffte, dachte ich.

Evim

Jetzt hatte ich Betti schon eine Woche ignorieren müssen. Ich kannte sie noch nicht lange, warum fiel es mir also so schwer, sie nicht zu beachten? Verdammt! Jedes Mal, wenn ich sie auf den Fluren sah, machte es mir schwerer, sie nicht anzusprechen. Und dann ihre Augen, wenn ich ihre Versuche, mit mir zu sprechen, abblockte. Ich wünschte, sie wüsste, dass es mir jedes Mal fast selbst das Herz brach. Glaubte sie wirklich, dass ich sie nicht mochte?

Nein, damit musste jetzt Schluss sein, heute Abend würde ich Max im Training sehen, und ich würde nicht lockerlassen, bis er mich anhörte und seine Zustimmung gab.

Betti

An diesem Donnerstag holte Max mich aus dem Verlag ab, und ich nutzte die Gelegenheit, ihm mein Büro und die Cafeteria zu zeigen. Während Sina schon alles gesehen hatte, war Max immer noch in seiner Praxis mit Abrechnungen beschäftig. Er hatte mich die letzten Tag so oft vertröstet, aber heute war er endlich da. Bevor wir das Verlagsgebäude verließen, wollte Max noch einmal kurz auf die Toilette gehen, weshalb ich relativ unnütz im Seitengang zum Foyer herumstand. Plötzlich sah ich Evim in meine Richtung kommen. Als er mich sah, wollte er die Richtung wechseln, aber bevor dies geschehen konnte, entschied ich, dass ich diese Funkstille nicht länger aushielt und dringend etwas dagegen unternehmen musste. Ohne groß darüber nachzudenken, was ich ihm sagen wollte, lief ich zu ihm hin und hielt ihn fest. „Was ist?“, seine Stimme Klang erschrocken. „Ich wollte dir nur sagen, dass ich mich auch sehr zu dir hingezogen fühle“, sprudelte es aus mir heraus Himmel! „...ich mich sehr zu dir hingezogen fühle“, hatte ich das wirklich gesagt. Ich sollte nächstes Mal doch besser einen Moment nachdenken, bevor ich sprach. Das klang ja wie in einem schlechten Liebesfilm. Aber egal, es brachte nichts, sich jetzt über meine Wortwahl Gedanken zu machen, was gesagt war, konnte ich sowieso nicht mehr rückgängig machen. Ich schaute ihn erwartungsvoll an.

Er schaute mir in die Augen und zum ersten Mal seit Tagen sah ich, wie sich eine Emotion in seinem Gesicht regte. Er lächelte kurz und holte Luft und sagte: „Tut mir leid, Betti, aber...“, dann schaute er hoch: „äh...ich muss los.“

Ich war verwirrt, aber ich wollte nicht, dass er mich wieder stehen ließ, ohne dass die Situation geklärt war. Irgendetwas musste doch vorgefallen sein, dass er sich so benahm. Etwas von dem ich nichts wusste. „Mann, was ist los, Evim? Rede mit mir.“, schrie ich ihn an. Meine Stimmte hallte hörbar durch die Eingangshalle, also drosselte ich meine Lautstärke: „Ich finde, das bist du mir schuldig.“ Er zögerte, sah wieder über mich hinweg und seufzte. Ich dreht mich um, um zu sehen, weshalb Evim die ganze Zeit über mich hinwegblickte.

Da kam Max den Gang entlang auf uns zu. Ich winkte ihm zu und zu Evim gewandt sagte ich: „Das ist mein Vater. Würdest du bitte wenigstens hierbleiben und dich vorstellen? Ich habe meinen Eltern so viel von dir erzählt, dass du mir bei all den neuen Dingen hilfst, da kannst du jetzt nicht einfach so verschwinden.“ Evim wusste gar nicht, wie er reagieren oder wo er hinschauen sollte. Er war sichtlich nervös. Ich fragte mich warum, denn eigentlich war er alles andere als menschenscheu. Auch Max beschleunigte auf eigenartige Weise seine Schritte und seine Gesichtszüge wirkten plötzlich angespannt. Was benahmen sich die beiden denn so seltsam? Ich würde es schneller erfahren, als mir lieb war.

Als Max uns erreicht hatte, stellte ich ihn erneut vor: „Das ist Max, mein Vater. Und Max, das ist Evim, der Junge von dem...“ Weiter kam ich nicht, denn beide sagten wie aus einem Mund: „Ich weiß.“ Dann setzte kurzes Schweigen ein, bis ich erneut das Wort ergriff. „Was soll das heißen: ´Ich weiß! ´ ?“ Irritiert sah ich die beiden im Wechsel an. „Ihr kennt euch schon? Aber woher? Und Max, warum hast du denn nichts gesagt, als ich dir von Evim erzählt habe?“ Max sah etwas ertappt aus, antwortete aber mit einer Gegenfrage: „Woher sollte ich denn wissen, dass du DEN Evim meinst?“ Ich warf ihm einen eindeutigen Blick zu: „Echt jetzt, Max? Wie viele ´EVIMS´ kennst du denn so? Ist ja nicht gerade ein häufiger Name. Also, was ist hier los?“ Wieder schaute ich die beiden im Wechsel an. Auch sie tauschten Blicke aus, die ich allerdings nicht deuten konnte.

Evim zog auffordernd eine Augenbraue hoch und Max räusperte sich: „Okay, um es kurz zu machen, wir kennen uns aus dem Schützenverein.“ „Aha. Und? Könnt ihr euch nicht leiden, oder was? Jetzt lass dir doch nicht jedes Wort aus der Nase ziehen!“ forderte ich ihn ungeduldig auf, und Max fuhr fort: „Doch, eigentlich mögen wir uns, aber als du mir von Evim erzählt hast, da habe ich ...“ Wieder stockte er. „Rrrrrrrr, du hast was?“ So langsam wurde ich echt ungeduldig. Was spielten die beiden hier für ein Spiel. Warum zögerten sie so?

„Er hat mich gebeten, die Finger von dir zu lassen! So, jetzt weißt du´s.“ beendete Evim Max´ Satz. „Du hast WAS?“ herrschte ich Max an.

„Ich dachte, er hätte schon eine Freundin, die Frau, die ihn gelegentlich mit dem Auto abholt, und deshalb wollte dich beschützen. Du hast in letzter Zeit so viel mitgemacht, da wollte ich dir eine weiteres Gefühlschaos ersparen.“, versuchte Max sich zu erklären, und man merkte an seiner Stimmlage und dem Tempo, in dem er sprach, dass er verzweifelt war.

´Evim hatte schon eine Freundin?´, durchzuckte es meine Gedanken. Ich wollte jetzt die ganze Wahrheit. Vielleicht war das hier nicht so ganz der richtige Ort, aber ich wollte jetzt Klarheit.

Ich merkte, wie einige Mitarbeiter, die auf dem Weg nach draußen die Eingangshalle passierten, vereinzelt auf uns drei aufmerksam wurden und neugierig ihre Jetbots drosselten, um noch etwas aus dem Gespräch aufzuschnappen. Autoren halt, immer auf der Suche nach einer spanenden Geschichte. Zum Glück blieb keiner stehen, aber das unterscheidet den Autor von dem Papparazzi. Neugierde ja, aber bitte mit Contenance.

„Freundin? Junipa vielleicht? ", auffordernd schaute ich zu Evim und diesmal war ich diejenige, die die Augenbrauen hochzog. „Betti,", er schaute mich an, „ich habe keine Freundin. Die Frau, von der dein Vater spricht, ist meine Schwester und wenn sie ab und zu in der Stadt ist, treffen wir uns natürlich. Das habe ich Max auch erklärt. Aber in seinem neuen väterlichen Beschützerwahn hat er mir nicht zuhören wollen." Evim schaute zu Max, und mir schien, als wäre etwas wie leichter Triumph in seinem Blick.

Normalerweise hätte ich etwas dazu gesagt, aber Evim hatte recht. Sollte das tatsächlich stimmen, dass Max so einen Bockmist angezettelt hatte, hatte er es verdient, dass Evim ihm in dieser Situation von oben herab ansah.

Max

Für einen Moment war es still. Jetzt war es raus, und in dem Moment, als Evim die Geschichte mit seiner Schwester erneut erzählte, wurde mir klar, was ich angerichtet hatte. Was ich noch nicht wusste war, wie ich aus dieser Misere wieder herauskommen sollte. Ich hatte einem Freund ohne vorherige Rückfrage ein schlechtes Karma unterstellt, aber was noch viel schlimmer war, ich hatte meine Tochter beinahe ins Unglück gestürzt und zugelassen, dass sie tagelang unglücklich war, nur, weil ich nicht den Mut hatte, bei ihr die Karten offen auf den Tisch zu legen und mich bei Evim zu entschuldigen.

Ich fühlte mich grauenvoll. Ich schaute zu Betti. Aus ihrem Gesicht konnte man, wie so oft, nicht genau ablesen, was sie gerade dachte. Sie wirkte nahezu emotionslos, was mich verunsicherte. Es musste nichts Negatives zu heißen haben, aber es konnte auch sein, dass die Sache für mich nun nicht ganz so positiv verlief, wie ich es erhofft hatte. Ich hielt es nicht länger aus und tat das einzige, von dem ich ausging, dass es mich jetzt noch retten könnte. „Ihr habt recht.", sagte ich. „Betti, es tut mir leid, dass ich dich hintergangen habe und dir nicht erzählt habe, dass ich Evim kenne, und meine Bedenken mit dir besprochen habe. Und Evim, auch bei dir möchte ich mich entschuldigen, dass ich dir keine faire Chance gegeben habe, dich zu erklären. Es tut mir leid. Und ich verspreche, dass ich euch und eurer Beziehung nicht länger Steine in den Weg lege. Ich hoffe ihr nehmt meine Entschuldigung an."

Betti

Nachdem Max geendet hatte, schaute ich zu Evim. Er lächelte mich erleichtert an, und mit einem kurzen Blick auf Max schaute er fragend zu mir und zuckte mit den Schultern. Am liebsten hätte ich Max eine Riesenszene gemacht, wie es sich für einen richtigen Teenager gehört, aber irgendwie tat er mir auch leid, wie er so dastand, wie auf der Anklagebank und auf ein Urteil wartend. Wäre es Torben gewesen, hätte ich wahrscheinlich wirklich kein Pardon gekannt, aber Max war ja schließlich neu in der Elternsache. Mit einem kurzen Blick zu Evim und einem Augenzwinkern erkundigte ich mich, wie er die Sache sah. Er schien mich zu verstehen und nickte.

„Dann wollen wir mal Gnade vor Recht ergehen lassen!“, sagte ich zu Max. Er schaute uns mit großen Augen an, und man konnte hören, wie ihm sprichwörtlich ein riesiger Stein vom Herzen fiel. „Echt, ihr seid mir nicht mehr böse?“ Evim fasste meine Hand und schüttelte den Kopf, ich tat es ihm gleich. Über Max Gesicht huschte ein leichtes Lächeln.

Plötzlich knurrte mein Magen. So laut, dass es unüberhörbar war. „Zumindest ist mir die Sache nicht auf den Magen geschlagen.“, lachte ich und hoffte, dass sich die Situation nun wirklich gänzlich entspannte. Denn obwohl ich allen Grund gehabt hätte, Max für sein Verhalten zu köpfen, das Gefühl, das mich beschlich, während ich mit Evim händchenhaltend dastand, war so viel besser, dass es gar nicht so schwer war, die Freude dem Ärger vorzuziehen.

Max sah auf die Uhr. „Oha, schon nach19:00h. Sina hatte einen Tisch beim Italiener bestellt. Sie ist bestimmt schon da. Und du weißt, wie ungern sie wartet.“ „Dann mal los ihr beiden. Aufregung hatten wir ja wohl alle heute schon genug“, sagte Evim und wollte sich verabschieden. „Wir sehen uns ja morgen nach der Schule.“ Ich nahm seine Hand und sagte einfach: „Du kommst natürlich mit, also wenn du möchtest! Sina hat bestimmt nichts dagegen. Und Max auch nicht, oder?“

Dieser verneinte natürlich, was bleib ihm auch anderes übrig. Zusammen gingen wir zum Wagen. Während der Fahrt einigten wir uns darauf, Sina von alle dem nichts zu erzählen. Sie würde Max ordentlich in die Mangel nehmen, wenn sie davon erfahren würde, und wenn wir ihm quasi schon die Absolution erteilt hatten, warum nochmal die Pferde scheu machen.

Als wir mit einer klitzekleinen Verspätung in der Pizzeria ankamen, staunte Sina kurz, sagte aber nichts. Sie tauschte mit Max einen vielsagenden Blick aus, mehr nicht.

Der Abend verlief harmonisch und das Essen schmeckte hervorragend. Wir plauderten über alles Mögliche, und die Stimmung war ausgelassen. Alle Sorgen und Bedenken der letzten Tage waren wie verflogen. Ich war glücklich. Richtig glücklich. Es machte mich so unglaublich glücklich, wie gut sich die Menschen, die mir am allermeisten auf dieser Welt bedeuteten, verstanden - fast alle...

Wäre meine ‚zweite Familie‘ dabei gewesen, wäre es bestimmt noch schöner geworden. Ich vermisste sie schrecklich. Aber nicht so schlimm. Ich würde ihnen Evim auch bald vorstellen. Ich nahm mir fest vor, sie in den nächsten Tagen auf jeden Fall einmal zu besuchen.

Am nächsten Morgen sprang ich, immer noch beschwingt von den gestrigen Ereignissen, aus dem Bett. Am liebsten hätte ich die Uhr vorgedreht und den Unterricht übersprungen. Ich konnte es kaum erwarten, Evim im Verlag zu sehen, und zudem war heute der Tag, dem ich so lange entgegengefiebert hatte. Thomas hatte geschrieben, dass die ersten Exemplare meines Buches als verkaufsfertiger Druck vorlägen. Ich konnte es kaum fassen, wahrscheinlich würde ich es erst begreifen, wenn ich es tatsächlich in Händen hielt.

Der Unterricht lief ohne weitere besondere Ereignisse. Mein Schultag verging wie im Flug und ich beschloss, bevor ich zum Verlag musste, noch in der Stadt etwas essen zu gehen. Gesagt, getan. Einige Minuten später stand ich vor meinem Lieblings-restaurant und bestellte mir vegetarisches Sushi mit Sojasauce.

Als ich in etwa eine halbe Stunde später in das Foyer des Verlags-gebäudes trat, standen mir ein grinsender Thomas und ein noch breiter grinsender Evim gegenüber. „Was ist los?“, fragte ich etwas verwirrt. Die beiden grinsten einfach weiter um die Wette. Evim zog einen schwarzen Schal hervor und band ihn mir dann um die Augen, nachdem er meine bronzefarbene Metallbrille von meiner Nase genommen hatte. Thomas lotste mich auf meinen Jetbot, welcher mit meiner völlig blinder selbst, den anderen beiden hinterherfuhr. Da ich nichts sah, vergingen die Sekunden für mich wie Stunden. Nach ein paar `Minuten-Stunden‘ wurde mir der Schal wieder abgenommen. Ich stand in meinem Büro. Evim und Thomas standen direkt vor mir. „Und was genau machen wir jetzt hier?“, wollte ich wissen. Die beiden Männer traten einen Schritt auseinander und nun sah ich es.

Die Vitrine in der Raummitte war mit einem königlich roten Tuch mit Goldbesatz bedeckt worden. Ich begriff sofort. „Ist es das, was ich denke?“ „Davon wirst du dich wohl selbst überzeugen müssen.“, antworte Evim. Ich machte langsam einige Schritte auf die verhüllte Vitrine zu. Mit einem vergewissernden Blick nach hinten und unter dem stolzen Nicken meines Freundes zog ich langsam die Verschleierung von dem Glaskasten. Ein leiser, spitzer Freudenschrei entfuhr mir, als ich das fertige Buch in meinen Händen hielt.

„Wir haben ordentlich Werbung gemacht, und ab morgen früh werden überall im Land deine Bücher in den Buchhandlungen ausliegen und im Internet bestellbar sein.“ Ich umarmte die beiden vor Freude. „Danke, danke, danke!“, quietschte ich. Thomas deutete auf meinen Schreibtisch: „Setz dich und mach mal deinen Laptop an.“ Thomas deutete mit dem Finger auf ein Widget und sagte: „Klick mal drauf.“

Per Mausklick öffnete ich die App und ein weißes ‚Pin eingeben‘-Fenster erschien auf meinem Bildschirm. „Und jetzt?“ Ich sah meinen Chef fragend an. „Tipp mal BettiB141329! ein.“ Ich gab das genannte Passwort in das Eingabefeld ein, und ein Icon mit dem Coverbild meines Buches erschien. Darunter ein Balkendiagramm mit unterschiedlichen Kategorien. Thomas deutete auf die verschiedenfarbig hinterlegten Linien und sagte: „Hier kannst du sehen, wie viele Vorbestellungen dein Buch bereits seit heute Morgen hat, und ab morgen werden in der Reihe darunter auch die genauen Zahlen der verkauften Exemplare angezeigt. Bestimmt wird es ein Kassenschlager, denn unsere Marketingabteilung hat ordentlich die Werbetrommel gerührt, um dein Buch zu promoten."

Ich schaute in die Reihe der Vorbestellungen und fiel beinahe rückwärts vom Stuhl. Das Buch stand erst seit wenigen Stunden zum Verkauf, und die Verkaufszahlen lagen bereits im dreistelligen Bereich. Ich war absolut überwältigt und konnte mein Glück kaum fassen. Vor Freude sprang ich von meinem Stuhl auf und hüpfte fröhlich in die Luft. Danach umarmte ich den Mann neben mir überschwänglich. „Danke. Danke. Danke. Das ist ja der Wahnsinn!", rief ich beseelt. „Als ich wieder zu mir kam, merkte ich, dass es Thomas war, den ich umarmt hatte und nicht Evim. „Oh!" räusperte ich mich und trat etwas verlegen einen Schritt zurück „Entschuldige, da ist die Euphorie wohl gerade etwas mit mir durchgegangen." „Schon okay.", schmunzelte Thomas. „Ich könnte mir vorstellen, dass ihr beiden das gerne feiern möchtet, also worauf wartet ihr noch. Raus hier! Nehmt den Rest des Tages frei!" und mit einer eindeutigen Handbewegung scheuchte er uns aus meinem Büro. "Magst du nicht mitkommen?", fragte ich einladend. „Das würde ich gerne, aber mein Schreibtisch ruft. Es wartet leider noch jede Menge Arbeit auf mich, schließlich ist dein Buch nicht das Einzige, was verlegt werden will.", lehnte Thomas dankend ab. „Aber das Beste!", lachte Evim und zog mich an der Hand aus dem Büro.

Kurze Zeit später saßen Evim und ich in einem Eiscafé und feierten meinen Erfolg. Naja, besser gesagt mein Buch, denn ob es ein Erfolg werden sollte, erfuhren wir frühestens am nächsten Tag. Wir sprachen über alles Mögliche, aber hauptsächlich über mein Buch. Evim sagte, dass er mich zu einigen der Lesungen sogar begleiten würde. Ich erzählte ihm von meinen Ideen, wie ich mir das weitere Leben als Autorin vorstellte und von meinem Traum, dass eins meiner Bücher, die ich schrieb, auch einmal verfilmt werden würde... „Wenn dein Werk sich gut verkauft, wie die Prognosen es vermuten lassen, wird es nicht lange dauern, bis du populär bist", meinte Evim.

Nachdem wir noch eine ganze Weile zusammen in der Eisdiele verbracht hatten, beschlossen wir, zu mir nach Hause zu gehen und Sina und Max von den Ereignissen dieses Tages zu erzählen. Als wir mein Zuhause erreicht hatten, musste ich klingeln, da ich meinen Haustürschlüssel heute Morgen mal wieder auf der Kommode hatte liegen lassen. Max öffnete die Türe, und Sina rief aus der Küche: „Hallo Betti! Na, schon wieder den Haustürschlüssel vergessen? Zum Glück ist dein Kopf angewachsen, sonst würdest du den bestimmt auch noch irgendwo verschusseln." Sie lachte. „Aber ihr kommt genau richtig, das Abendessen ist gleich fertig." „Ja, ja, super. Aber kommt beide erst mal schnell ins Wohnzimmer! Wir müssen euch was großartiges erzählen.", sagte ich.

Als wir versammelt am Wohnzimmertisch saßen, zog ich meinen Laptop aus der Tasche und öffnete die Software des Verlages. Nachdem ich meinen Pin eingegeben hatte und die App die neuen Zahlen anzeigte, entfuhr mir ein lautes Kreischen, und ich sprang von meinem Stuhl und hüpfte auf und ab. Die Anzahl der vorbestellten Exemplare hatte sich innerhalb der letzten

Stunden fast verdoppelt. Ich konnte es kaum fassen. Auch Sina fing an zu jubeln und vor Aufregung zu hüpfen. Max und Evim sahen uns an und fingen an zu lachen. Es war so ein unglaubliches Gefühl, und ich wollte es mit allen Teilen, die mir in meinem Leben wichtig waren. Jenny schickte ich einen Screenshot aufs Handy, sie antwortete sofort und schrieb, dass sie superstolz sei, eine so berühmte Freundin zu haben, und dass sie auf jeden Fall ein handsigniertes Exemplar haben wollte.

Ich fragte Sina, ob es okay sei, wenn ich Torben, Marissa und Daisy spontan einladen würde, mit uns anzustoßen, und natürlich war es das. Die drei waren auch eine knappe Stunde später schon da, und zur Feier des Tages, öffneten wir eine Flasche Sekt, und Sina schob schnell noch ein paar Pizzabrötchen zusätzlich in den Backofen. Mein Tag war zwar fantastisch gewesen, aber auch unglaublich anstrengend, so dass ich ziemlich froh war, als ich endlich in mein Bett konnte.

Seit dem Verkaufsstart meines Buches waren nun drei weitere Tage vergangen. Die Zahlen waren weiter gestiegen, und die Rückmeldung der Buchhandlungen an den Verlag waren durchweg positiv. So positiv sogar, dass einige Ladenbesitzer anfragten, ob der Start der Promo-Tour mit den Lesungen eine Woche vorverlegt werden könnte. Thomas wollte kein Risiko eingehen, dass, wenn er ablehnte, das Interesse verloren ging, denn es lief gerade so gut, dass es nicht besser hätte sein können, also stimmte er zu. Ich war völlig überfordert, als Thomas mich davon in Kenntnis setzte, dass mein erster Termin bereits morgen war, so dass ich mich erst mal in den Sessel in seinem Büro fallen ließ. „Tut mir leid, Betti, aber zum Hinsetzen haben wir jetzt wirklich keine Zeit!", sagte Thomas und grinste. „Ich habe dir schnell noch einen letzten Trainingstermin bei einem der Vokal Coaches gemacht. Ich weiß, du bist schon richtig gut, aber du darfst die Aufregung nicht unterschätzen, die dazu kommt. Da musst du text- und stimmsicher sein. Also, hoch mit dir.", sagte er und zwinkerte mir aufmunternd zu.

Während ich auf meinem Jetbot die Flure entlang zu den Trainingsräumen glitt, schrieb ich Sina eine Nachricht aufs Handy, was sie mir für meinen Wochenendtrip noch schnell aus dem Drogeriemarkt besorgen sollte. Die Liste mit Reisezahnbürste und anderen Hygieneartikeln lag in Kleinformat zu Hause auf meinem Schreibtisch, aber ich wusste, dass mir dazu die Zeit fehlen würde.

Schließlich musste ich ja auch noch meinen Koffer packen. Oh Gott, was sollte ich eigentlich anziehen, schoss es mir durch den Kopf. Als ich gerade in Gedanken meinen Kleiderschrank nach passenden Klamotten durchgehen wollte, hielt mein Jetbot bereits vor der Tür der Trainingsstudios und mein Vokalcoach hieß mich mit einer einladenden Geste den Raum zu betreten willkommen.

Nach dem Training holte Evim mich ab, um noch zusammen in die Cafeteria zu gehen, aber ich hatte heute keine Ruhe dafür. Ich war viel zu aufgeregt, um mich entspannt irgendwo hinsetzen zu können, außerdem wollte ich heute auf gar keinen Fall Junipa über den Weg laufen, ich war schon so genug durch den Wind, da brauchte ich nicht noch zickige Sticheleien. Evim hatte Verständnis dafür und begleitete mich auf seinem Jetbot bis ins

Foyer, wo Sina mit einer vollbepackten Tüte meiner Einkäufe stand und auf mich wartete. Auf dem Weg nach Hause machten wir einen kurzen Stopp bei einer Fast-Food-Kette, da ich heute noch nichts zu Mittag gegessen hatte und Sina nach meiner Nachricht und einem kurzen Telefonat schon eingeplant hatte, dass sie nicht zum Kochen kommen würde.

Als wir gesättigt zu Hause ankamen, half Sina mir, einige Outfits zusammenzustellen, die chic, aber auch gleichzeitig lässig waren, so dass ich mich darin wohlfühlte. Ein weiteres Kriterium war, dass sie vor allem auch noch koffergeneignet und knitterfrei sein mussten. Nachdem ich dank Sinas Hilfe alles zusammengepackt und nach unten in den Flur gebracht hatte, war ich eigentlich bereit fürs Bett.

Eigentlich, denn einschlafen konnte ich nicht; zu viele Gedanken schossen mir durch den Kopf. Was, wenn keiner zu meiner Lesung kommen würde, was, wenn ich mich verlas oder zu stottern begann, was, wenn die Leute mich ausbuhen würden... Obwohl es beinahe schon 23:00h war, rief ich Jenny an. Sie hatte immer gute Ideen und schaffte es nahezu jedes Mal, mich zu beruhigen und mir ein gutes Gefühl zu geben. „Du bist einfach viel zu kritisch.“, sagte sie ständig, und damit hatte sie meistens auch Recht. Nachdem wir einige Zeit gequatscht hatten, ging es mir viel besser, und ich schaute voller Vorfreude auf den morgigen Tag.

´Beep-Beep, Beep-Beep, …´. Ich stieg verschlafen aus dem Bett, räkelte mich, gähnte noch einmal und torkelte verträumt ins Bad. Erst unter der Dusche wurde ich langsam wach. `Heute ist meine Erste Lesung`, dämmerte es mir langsam. Mit einem Mal war ich richtig wach. Schnell schlüpfte ich in die Klamotten, die ich mir am Vorabend zurechtgelegt hatte. Ich zog mir eine Strumpfhose, einen Rock und ein enges weißes T-Shirt an, darüber eine dünne, knielange Weste und ein paar schwarze Ballerina. Ich tuschte noch kurz meine Wimpern, verteilte ein bisschen Concealer und Rouge, dann schnappte ich mir meine Laptoptasche und eilte nach unten, um zu frühstückten. Im Kopf ging ich nochmal alles durch, was ich in den Koffer gepackt hatte, bevor ich dann nach dem Reisetrolley griff und zur Haustüre eilte.

Sina wollte gerade das Auto aus der Garage ausparken, um mich zum Verlag zu fahren, als wir ein Hupen vernahmen. Eine weiße Limousine parkte in der Auffahrt. Am Steuer ein Mann in Chauffeuruniform. Das Fenster der Rücksitzreihe wurde runtergelassen, und hinter der schwarzen Scheibe erschien das Gesicht von Thomas. „Hallo Betti! Na, ausgeschlafen und bereit für deinen Auftritt?“ rief er mir euphorisch entgegen. Bevor ich antworten konnte, sprach er auch schon weiter: „Ich dachte mir, ich hole dich direkt von zu Hause ab, das spart etwas Zeit, und man weiß ja nie, wie der Verkehr auf den Autobahnen ist.“ Während er mit mir redete, war der Chauffeur ausgestiegen und hatte die hintere Wagentüre auf der Gegenseite geöffnet. Mit einer einladenden Handbewegung forderte er mich auf, einzusteigen, und gleich danach nahm er meinen Trolley entgegen und legte ihn in den Kofferraum.

Sina war inzwischen aus ihrem Wagen ausgestiegen und kam zur Limousine gelaufen, um sich zu verabschieden. „Mach´s gut,

Betti. Max und ich drücken dir die Daumen. Du schaffst das! Und wir sind auch schon gespannt, ob morgen etwas über dich in der Zeitung steht.“ Sie redete ohne Punkt und Komma und schaffte es kaum, zwischen den Sätzen Luft zu holen. Thomas sah auf seine Armbanduhr und räusperte sich: „Wir müssten dann mal los.“, sagte er entschuldigend, und noch ehe Sina weitersprechen konnte, fuhr die dunkle Autoscheibe wieder nach oben. Sina stand kurz etwas verdutzt am Straßenrand, doch dann winkte sie und rief noch ein paar Wünsche zum Abschied hinter dem rollenden Fahrzeug her.

Auf der Fahrt ging Thomas mit mir noch einmal Stück für Stück den Ablauf für die Premiere durch. Als wir in Münster ankamen und vor dem Eingang der Buchhandlung hielten, merkte ich, wie die Aufregung in mir ins Unermessliche stieg. Der Inhaber des Ladens begrüßte uns freundlich und führte uns in den zweiten Stock, wo mehrere Stuhlreihen aufgebaut waren. An den Seiten waren einige Stehtische aufgestellt, die mit weißen Hussen überzogen waren. Ganz vorne befand sich ein kleines Podium, auf dem ein antiker Ohrensessel aus rubinrotem Samt mit goldenen Ziernieten platziert war. Dieser Platz war wohl für mich reserviert. „Gefällt es Ihnen?“, fragte der Buchladenbesitzer, der sich uns als Herr Schneiders vorgestellt hatte, und man konnte in seiner Stimme eine Mischung aus Stolz und Unsicherheit raushören. „Alles ist perfekt!“, bestätigte Thomas ihm mit einem zufriedenen Nicken, und man merkte, dass sich bei Herrn Schneiders eine Art Erleichterung einstellte.

Eine Dame und ein Herr, beide mit Kameras, betraten den Raum. „Ah, die Herrschaften von der Presse sind auch schon da.“, begrüßte Herr Schneiders die beiden Reporter und wies Sie zu ihren zugedachten Plätzen. Einer von Ihnen begann bereits, Fotos zu schießen, und ich war von diesem unerwarteten Blitzlichtgewitter gänzlich überrascht.

Thomas, der meine Irritation bemerkte, schmunzelte und sagte lachend: „Daran wirst du dich wohl gewöhnen müssen. Also, immer schön lächeln.“ Dabei grinste er mich an wie in einer Zahnpasta Reklame, so dass man all seine strahlendweißen Zähne sehen konnte. Ich musste ebenfalls lachen, und für einen kurzen Moment entspannte ich mich.

Ich legte mein Buch mit den mit Post it ´s markierten Stellen, die ich später vorlesen wollte, auf die Armlehne des Sessels. Dann erst bemerkte ich den danebenstehenden Tisch, auf dem mindestens 50 meiner Buchexemplare platziert waren. Daneben ein großes Werbeplakat mit dem Cover meines Buches. Diesen Anblick musste ich erst einmal auf mich wirken lassen.

Herr Schneiders kam zu mir und meinte: „Wir dachten, dass Sie nach der Lesung vielleicht noch Zeit hätten, um einige Ihrer Werke für die Kunden zu signieren.“ „Ja, sehr gerne!“, erwiderte ich und fühlte mich wie ein richtiger Star. Danach ging ich zu dem Podest und nahm Platz. Von dieser Seite sahen die aufgestellten Stuhlreihen noch viel mehr aus. Meine Aufregung stieg. Doch bevor sich wieder Gedanken der Unsicherheit und Zweifel in mir breit machen konnten, vernahm ich die Stimme des Buchhändlers, der die vor der Tür wartenden Gäste freudig empfing und zu den Plätzen lotste.

Thomas kam an meine Seite, reichte mir das Glas Wasser, das auf dem Beistelltisch neben dem Sessel stand, klopfte mir aufmunternd auf die Schulter und sagte: „So, jetzt gibt es kein Zurück mehr. Jetzt kannst du allen zeigen, was in dir steckt.“ Danach nahm auch er im Publikum Platz.

Ich schloss kurz die Augen, atmete tief durch, dann ließ ich meinen Blick über die Gesichter des Publikums schweifen. All diese Menschen waren gekommen, um mir zuzuhören. Es war überwältigend. Ich räusperte mich und schlug mein Buch auf. Ich las und las, ohne mich auch nur ein einziges Mal zu verhaspeln. Zwischendurch hob ich kurz den Blick, denn es war so still, dass man eine Stecknadel hätte fallen hören können. Nein, sie waren nicht eingeschlafen, alle sahen mich gebannt an und lauschten meinen Worten. Als ich endete, brach tosender Applaus aus. Ich bekam sogar ein paar Standing Ovations. Es war wie im Traum. Jetzt setzte erneut Blitzlichtgewitter ein.

Nachdem sich einige Zeit später der Trubel etwas gelegt hatte, ging ich zu dem Tisch mit den vorbereiteten Exemplaren. Die Leute kamen und rissen mir die signierten Ausgaben förmlich aus der Hand. Einige baten um persönliche Widmungen. Ich saß da wie in Trance und schreib unermüdlich. Als ich das letzte meiner Werke unterschrieben hatte, schaute ich mich um. Der eben noch so belebte Raum war jetzt nahezu menschenleer. Lediglich die beiden Reporter standen noch im Saal und kamen nun auf mich zu. „Beeindruckend, Frau Blackfield. Hätten Sie noch einen Moment für ein kurzes Interview?“ Ehe ich antworten konnte, prasselten mir auch schon die ersten Fragen entgegen, die ich selbstverständlich alle liebend gerne beantwortete.

Mit einem unbeschreiblichen Gefühl des Glücks und der Zufriedenheit ließ ich mich völlig erschöpft auf dem Stuhl zurückfallen. Thomas klatschte in die Hände und kam zu mir rüber. „Du kannst sehr stolz auf dich sein." Ich strahlte ihn an.

Danach fuhren wir ins Hotel, aßen noch eine Kleinigkeit zusammen im Restaurant, bevor ich total geplättet in meinem Hotelzimmer aufs Bett viel. Ich schickte eine kurze Nachricht über meinen Erfolg an meine Familien und telefonierte noch ein paar Minuten mit Evim, bevor ich völlig erschöpft, aber glückselig ins Land der Träume abtauchte.

Am nächsten Morgen checkten wir nach einem reichhaltigen Frühstücksbuffet sehr zeitig aus dem Hotel aus. Heute würde ich gleich zwei Lesungen haben. Eine in Köln und eine in Düsseldorf. Den Tag drauf waren wir in Münster gebucht, bevor es dann bis zum nächsten Wochenende erst einmal wieder nach Hause ging.

Auf der Fahrt nach Köln reflektierten wir nochmal den gestrigen Tag, und Thomas zog plötzlich eine Zeitung aus der Türtasche des Wagens hervor. In der Mitte der Zeitung prangte ein großes Foto von mir und darunter ein halbseitiger Artikel über meinen gestrigen Auftritt. Der Bericht enthielt durchweg positive Kritiken, und ich war über die Maßen stolz auf mich. Ich hatte es wirklich geschafft, vor Publikum zu sprechen, ohne mich zu verhaspeln, rot zu werden oder in Ohnmacht zufallen. Ich hatte es fertiggebracht, mein Publikum zu begeistern. Auch auf meinem Instagramm Account hatte ich bereits eine beachtliche Fan-Gemeinde, die meinen Auftritt geliked hatten, und die Zahl meiner Follower hatte sich durch den Post eines kurzen

Videoausschnitts meiner gestrigen Darbietung mehr als verdoppelt.

Gestärkt durch die Flut an neu erlangtem Ruhm und positiven Feedbacks sah ich den heutigen Auftritten schon wesentlich gelassener entgegen, als noch am Tag zuvor.

Das ganze Wochenende verlief zu meiner Überraschung ohne auch nur ein einziges negatives Vorkommnis. Ganz im Gegenteil, der Begeisterungssturm der Menschen, die meine Lesung anhörten, wie auch das Lob der Journalisten in ihren diversen Zeitungsartikeln wollte kein Ende nehmen. Eine Frau, mit der ich während der Autogrammstunde im Anschluss an meine Lesungen kurz ins Gespräch kam, schilderte mir die Beweggründe, weshalb sie mein Buch so ansprechend fand, und dass sie ähnliches erlebt hatte. Sie erzählte mir, dass ihr meine offene, ehrliche und unbeschwerte Art, darüber zu schreiben, gezeigt hatte, dass sie nicht allein mit ihren Erlebnissen war. Das habe ihr neuen Mut gegeben.

WOW. Was für ein Feedback. Das machte mich unglaublich stolz. Dass mein Talent im Schreiben lag, daran hatte ich nie gezweifelt, aber dass ich als 14-jähriger Teenager die Chance hatte, durch meine Texte Menschen so zu erreichen und etwas in ihnen zu bewegen - soweit hatte ich bisher noch nicht gedacht. Dieses Ereignis brachte mich auf eine Idee...

Als ich am Sonntagabend völlig erschöpft nach Hause kam, erdrückten Sina und Max mich fast mit ihrer Umarmung. Kaum, dass ich den Schlüssel im Schloss umgedreht hatte, waren sie auch schon da; es erschien mir fast, als hätten sie mir hinter der

Tür aufgelauert. Ich musste lächeln, ich hatte sie auch richtig vermisst.

Als sie mich wieder losließen, streifte ich mir meinen Blazer und meine Schuhe ab und ließ mich auf den Treppensims sinken. „Schön, dass du wieder da bist“, sagte Max, und Sina ergänzte: „Und, wie war es? Hat es dir Spaß gemacht? Du musst uns alles ganz genau erzählen.“ Ich gähnte demonstrativ und gab ihnen kurze Zusammenfassung der letzten Tage. „...den Rest erzähle ich euch aber morgen, denn ich bin echt total erledigt.“, beendete ich meine Erzählung. „Bis jetzt hörte es sich schon großartig an! Dann bin ich morgen echt auf den Rest gespannt!“, gab Sina sich geschlagen. „Ich habe auch alle Zeitungsartikel der letzten Tage für dich gesammelt.“, fügte sie noch schnell hinzu. „Gesammelt ist gut... Den Kiosk an der Ecke hat sie förmlich leergekauft. Der Besitzer hat in den letzten drei Tage mehr verdient als im ganzen Vormonat.“, zog Max Sina auf und lachte. Ich gab den beiden noch einen Gute-Nacht-Kuss auf die Wange und lächelte müde, bevor ich meinen Koffer die Treppe hoch schliff und mich nach oben in meine Wohnung zurückzog.

Am nächsten Morgen klingelte mein Wecker früh. Zu früh, wie ich fand. Trotzdem blieb mir keine andere Wahl, als aufzustehen und in den neuen Tag zu starten. Ich räkelte mich und stieg aus meinem Bett. Meine Zehen gruben sich - wie jeden Morgen - in den weichen, pastellrosafarbenen Bettvorleger. Ich rieb mir die Augen und schlurfte in Richtung Badezimmer, um zu duschen. Als das warme Wasser auf meine Haut prasselte, wurde ich erst richtig wach und realisierte, dass die letzten Tage wirklich kein Traum gewesen waren. Ich beschloss, die Idee, die ich gestern gehabt hatte, heute nach der Schule sofort umzusetzen. Ich wollte meine neue Bekanntheit nutzen, um mehr Menschen etwas Gutes zu tun und ihnen ein Lächeln aufs Gesicht zu zaubern. Zufrieden stieg ich aus der Dusche, und nachdem ich mich in ein Badetuch gewickelt hatte, ging ich zu meinem Kleiderschrank, um mir meine Klamotten für den heutigen Tag herauszusuchen. Ich entschied mich für eine weiße Bluse, einen knielangen Rock und einen zartrosafarbenen Blazer. Meine Haare band ich zu einem Pferdeschwanz zusammen, puderte mein Gesicht und tuschte meine mir die Wimpern. Ich sah in den Spiegel über meinem Schminktisch und entschied, dass ich fertig war.

Nachdem Sina und ich gefrühstückt hatten, stiegen wir ins Auto und fuhren zur Schule. Auf dem Weg dorthin erzählte ich ihr nun die ausführlichere Version meiner Reise. Als ich in die Klasse kam, rannte Jenny auf mich zu und umarmte mich so fest, als wäre ich das Wochenende über verschollen gewesen, und nicht nur verreist. „Ich bin so stolz auf dich!", jubelte sie. „Soll ich dir alles erzählen?" fragte ich. Sie schaute mich an. „Ob du sollst? Du ***musst***!", erwiderte sie, immer noch ganz aufgeregt. Und so quasselten wir in jeder Pause unermüdlich, manchmal noch bis in die nächste Stunde hinein.

Nach der Schule fuhr ich mit dem Bus nach Hause, weil Sina heute acht Stunden Unterricht hatte und ich nur fünf. Ich war zu müde, um die Zeit bis zu ihrem Unterrichtsende in der Stadt zu verbringen, und außerdem hatte ich ja für den heutigen Nachmittag noch andere Pläne, die ich nicht aufschieben wollte. Nachdem ich zu Hause angekommen war, holte ich mir aus der

Küche ein paar Snacks und ging nach oben in meine Wohnung, um endlich meinen Reisetrolley auszupacken. Obendrauf lagen die Andenken, die ich in den unterschiedlichen Städten gekauft hatte. Schlüsselanhänger, Postkarten und zwei Magnete mit Sehenswürdigkeiten, die ich nun alle an meine Pinnwand heftete. Den Anhänger aus Münster klippste ich an meinen Haustürschlüssel.

Dann öffnete ich meine Handykamera und begann, meinen Plan, den ich mir überlegt hatte, in die Tat umzusetzen. Ich drehte kurze Videoclips, in denen ich über wichtige Themen wie Feminismus, Politik, Rassismus, Tierwohl und Umweltschutz sprach. Ich stoppte die Aufnahme und lächelte zufrieden. Ja! Das war der Weg, auf dem ich etwas verändern wollte!

Als ich am nächsten Morgen mit Sina und Max beim Frühstück saß, klingelte es an der Haustüre. Ich stand auf und öffnete. Es war Evim. „Hast du es schon gesehen?“, fragte er aufgeregt und hielt mir die Zeitung unter die Nase. „Was denn?“, fragte ich und legte die Stirn in Falten. „Habe ich was verpasst?“
Ich griff nach dem Boulevardblatt und konnte es kaum glauben. Es war ein Foto von mir abgedruckt und darunter die Schlagzeile: „Betti - Vlogs auf Instagram - Videos gehen viral!“ Darunter ein kurzer Artikel.

Ich strahlte Evim an, der mir nun mein Handy in die Hand drückte. „Schau nach!“, forderte er mich auf. Ich öffnete meinen Insta Account und konnte es kaum fassen. Meine Clips hatten sich über Nacht wie ein Lauffeuer im Netzt verbreitet

Ich lud jede Woche einen neuen meiner Clips auf Instagram hoch und schrieb einen kurzen Kommentar dazu. Die Feedbacks, die ich in den Kommentaren las, waren durchweg positiv, und meine Videos wurden immer weiter geteilt, so dass ich auch immer mehr Abonnenten bekam. Das spornte mich Woche für Woche an, mir neue kritische Themen auszusuchen, über die ich sprechen wollte, um die Menschen zum Umdenken oder zumindest zum Nachdenken zu bewegen.

Epilog

Im Jetzt

Heute ist mein 15. Geburtstag.

Wir sitzen alle zusammen im Wohnzimmer und essen Torte. Mit alle meine ich Sina, Max und Evim, aber auch Marissa, Torben und Daisy sind gekommen. Da klingelt es an der Tür. „Willst du nicht öffnen?", fordert mich Sina fragend auf. Es ist Jenny! „Überraschung!", trällert sie mir entgegen und umarmt mich so schwungvoll, dass ich fast hintenüberkippe. „Happy Birthday! Wo ist der Kuchen, ich hab´ riesigen Hunger", sagt sie und drückt mir auf dem Weg ins Wohnzimmer ein Geschenk in die Hand.

Ich setzte mich an den Tisch und packte Jennys Präsent aus: es ist ein Notizbuch mit Fotos von uns beiden auf dem Einband. „Danke, Jenny! Das ist wunderschön.", freue ich mich. „Cool, dass es dir gefällt.", sagte Jenny mit halbvollem Mund. „Ich dachte, wenn du mal ein Buch über uns beide schreiben möchtest, kannst du deine Ideen darin notieren." Und mit einem Blick zu Sina: „Super, die Torte. Echt lecker!" „Danke, Jenny!", antwortete Sina amüsiert. „Aber das Lob gebührt Marissa." Ich schaute in die Runde. Da waren sie alle versammelt, alle Menschen, die mir in meinem Leben am wichtigsten waren.

Das hätte ich noch vor ein paar Monaten niemals gedacht. Ich bin so froh, dass ich mich nicht für eine meiner beiden Familien entscheiden muss. Alles in allem könnte mein Leben nicht besser laufen.

Durch ein erneutes Klingeln an der Tür werde ich aus meinen Gedanken gerissen. Fragend schaue ich zu Sina und Max: „Habt ihr noch jemanden eingeladen?“ Sie zucken kopfschüttelnd mir den Schultern.

Ich gehe erneut zur Haustüre und öffne. Es ist der Briefträger mit einem Umschlag in der Hand. „Bist du Betti Blackfield?“, schaut er mich fragend an. „Ja“, bestätige ich nickend. „Ich habe ein Einschreiben für dich, würdest du den Empfang bitte hier bestätigen?“. Er hält mir ein Klemmbrett und einen Stift hin. Nachdem ich unterschrieben habe, überreicht er mir den Brief und verabschiedet sich. ´HWH-Filmproduktion´ kann ich auf dem Umschlag lesen. Neugierig gehe ich zurück ins Wohnzimmer, wo meine beiden Familien auf mich warten. Als ich das Schriftstück öffne und den darin enthaltenen Text lese, kann ich es kaum glauben, was dasteht. Ich stehe sprachlos im Raum. „Und?“, fragt Daisy. „Was steht da?“ Immer noch sprachlos reiche ich ihr das Schreiben. Nachdem sie es gelesen hat, springt sie von ihrem Stuhl auf, und ihr entfährt ein Freudenschrei. Sie hüpft vor mir auf und ab und jubelt: „Du hast ein Filmangebot für dein Buch bekommen! Betti hat ein Filmangebot, ein Filmangebot“, verkündet sie strahlend. Alle springen auf und greifen nach dem Brief. „Das ist, glaube ich, das perfekteste Geburtstagsgeschenk, was du hättest bekommen können.“, sagt Evim und wirbelt mich durch die Luft. Ich strahle vor Freude übers ganze Gesicht. Dann gehe ich zu Daisy und umarme sie. „Ich habe dich lieb, kleine Schwester!“

Danach drücke ich Torben und Marissa: „Ich habe euch lieb, Mama und Papa.“ Dann stehe ich vor Sina und Max. Ich schaue sie kurz an und beschließe, es zu wagen. Ich umarme auch sie: „Euch habe ich auch lieb!“ und füge nach einer kurzen Pause hinzu: „Mama und Papa!“

Besser kann man, glaube ich, nicht 15 werden.

Liebe/r Leser*in

Hat dir mein Buch gefallen?

Lass es mich gerne wissen, und schreib mir eine Nachricht: ljw2007@gmx.de

Ich freu´ mich auf dein Feedback.

XOXO Lilli ♡

Danke

an meine kleine Schwester Greta

Lilli Josefine Wettke ist 2007 in Trier geboren und Schülerin am Humboldt-Gymnasium. Sie nimmt gerne an Schreibwettbewerben teil. Neben Literatur interessiert sie sich für Mathematik, Naturwissenschaften und kreative DIY-Projekte.

Betti ist ihr erstes veröffentlichtes Buch.